Kiara Singer

# Feuchte Fantasien

## BDSM-Erotik

**Bibliografische Information der Deutschen Nationalbibliothek**

Die Deutsche Nationalbibliothek verzeichnet diese Publikation in der Deutschen Nationalbibliografie; detaillierte bibliografische Daten sind im Internet über http://dnb.d-nb.de abrufbar.

2., verbesserte Auflage

© 2019 Alle Rechte liegen beim Autor

Herstellung und Verlag: Books on Demand GmbH, Norderstedt

Printed in Germany

ISBN: 9783748171348

# Inhaltsverzeichnis

# Das Lezard Intim-Piercing

Mein Herz pochte, als ich mich zögerlich auf den Eingang seiner Villa zubewegte.

»Bitte bitte, lass ihn da sein – ach bitte lass ihn lieber nicht da sein.« Meine Gedanken schwankten unentwegt hin und her.

Dabei blieb mir keine Wahl. Er musste einfach da sein! Ich brauchte ihn jetzt. Mein Verlobter brauchte ihn!

Tief atmend und vor Aufregung schwitzend klingelte ich am Heiligabend an der Türe meines früheren Chefs Dr. Frank Lezard, ein damals überregional bekannter und anerkannter Gehirnchirurg und Oberarzt in der wohl renommiertesten Bostoner Unfallklinik. Man sagte ihm nach, er habe dank seines Könnens vielen Menschen, die andere Ärzte aufgrund ihrer schweren Verletzungen längst aufgegeben hätten, das Leben gerettet und ihre geistige Gesundheit erhalten.

Damals war ich Krankenschwester auf seiner Station und wäre das sicherlich gerne noch viele Jahre geblieben, zumal die Bezahlung gut und das Betriebsklima angenehm waren, wenn er nicht irgendwann ein Auge auf mich geworfen hätte, so wie auf die meisten meiner Kolleginnen auch.

Es fing mit einem leichten Klaps auf den Po an, über den ich noch lachend hinweg sah. Doch dann folgten die Griffe an meinen eher kleineren Busen, die anmachenden bis zotigen Bemerkungen, der kräftige Arm um meine Schultern, die flüchtige Hand in meinen Schritt, der überraschende Kuss auf den Mund, sodass mir am Ende alles zu viel wurde und ich mich nur noch belästigt fühlte. Zum Eklat kam es schließlich, als er mich unvermittelt in eine kleine Besenkammer schob und mir an die Wäsche zu gehen versuchte, obwohl er wusste, dass ich mich wenige Wochen zuvor mit meinem Freund verlobt hatte.

Ich entschied mich, den Vorfall der Klinikleitung zu melden, die umgehend ihre Sexual-Harassment-Beauftragte mit der Sache betraute. Was soll ich sagen: Es endete nicht gut für Dr. Frank Lezard. Zwei weitere Krankenschwestern sagten aus, dass er sich ihnen in ganz ähnlicher Weise des Öfteren genähert habe, was ihnen stets sehr unangenehm war. Alle anderen schwiegen lieber, vermutlich aus Angst um ihren Arbeitsplatz.

Der Klinik blieb nichts anderes übrig, als ihrem Star-Chirurgen zu kündigen, sehr zum Bedauern vieler Patienten, seiner Kollegen und zu meiner Überraschung auch einer ganzen Reihe Krankenschwestern, sodass ich es vorzog, ebenfalls zu kündigen.

Später erfuhr ich beiläufig, dass er mit dem Geld seiner Frau eine Klinik für Schönheitschirurgie aufgemacht hatte, und zwar in der Nähe eines Städtchens Vaughn bei Great Falls in Montana. Mitten in der Einöde also, wenn man so will.

Nicht weit davon hatten sich mein Verlobter Michael und ich für die Weihnachtstage verabredet, und zwar in einem einsamen Blockhaus, das zum großen Farmgelände meiner zukünftigen Schwiegereltern gehörte. Wir wollten einmal ganz für uns sein, ein bisschen Natur genießen und natürlich den halben Tag zusammen im Bett verbringen.

»Mein Ziel ist es, dich über die Weihnachtstage mindestens zehn Mal zum Höhepunkt zu bringen, drei davon mit der Zunge, die restlichen mit meinem Schwanz«, hatte er gut gelaunt und übermütig angekündigt. Für einen Moment überlegte ich mir, rechtzeitig zuvor die Pille abzusetzen, doch dann verwarf ich den Gedanken wieder. Ich wollte eine solche Entscheidung nicht ohne ihn fällen.

Wir hatten vereinbart, uns zu Heiligabend direkt in unserer einsamen Hütte zu treffen. Erst nach Weihnachten wollten wir dann seine Eltern besuchen.

Um noch rechtzeitig die Dinge zu besorgen, die wir während des Aufenthalts im Blockhaus benötigten, um unser Liebesnest schon mal gründlich vorzuwärmen und seinen Eltern

noch kurz Hallo zu sagen und dabei unsere Weihnachtsge-
schenke abzuliefern, war ich bereits zwei Tage vor Heiligabend
mit dem Auto angereist. Michael wollte erst am Morgen des
Heiligabends mit seinem einmotorigen Sportflugzeug nach-
kommen. Bis dahin hatte er in seiner New Yorker Bank alle
Hände voll zu tun.

Doch dann zog unvermittelt schlechtes Wetter auf. Erst begann es zu schneien, dann zu stürmen, bis sich die Sache
schließlich zu einem ausgewachsenen Schneesturm entwickelte.
Verzweifelt versuchte ich ihn zu warnen und zu bitten, den Flug
um ein paar Tage zu verschieben, doch da war er bereits
unterwegs. Landen wollte er auf dem Flughafen von Great
Falls, den er jedoch nie erreichte. Offenbar hatte er sich durch
den starken Wind verflogen. Irgendwann in der Nacht prallte er
gegen eine Erhebung unweit von Vaughn. Man hat ihn, so rasch
es ging, aus seinem Flugzeug geborgen und in das nächste
Lazarett verfrachtet. Doch dort winkte man sogleich ab. Seinen
Kopfverletzungen war das örtliche medizinische Personal in
keinster Weise gewachsen. Transportfähig war er ebenfalls
nicht, zumal an eine Verlegung in ein anderes Krankenhaus
aufgrund der tief verschneiten Straßen und des starken Orkans
ohnehin nicht zu denken war. Aus dem gleichen Grund konnte
auch kein entsprechender Facharzt gerufen werden. Zwischen
Great Falls und Vaughn war im Grunde alles dicht. Wir waren
von der Welt abgeschnitten und weder per Flugzeug noch Auto
erreichbar, vermutlich für mehrere Tage.

Weinend saß ich an seinem Bett. Meine Tränen flossen in
Strömen, insbesondere wenn ich mit seinen Eltern telefonierte,
deren Haus ebenfalls längst von allem anderen abgeschnitten
war, sodass sie nicht zu ihrem Sohn ins Lazarett kommen
konnten.

Ich weiß nicht, wodurch es geschah, es muss wohl irgendeine innere Stimme oder Eingebung gewesen sein, denn urplötzlich kam mir der Name Dr. Frank Lezard in den Sinn. Ich
erinnerte mich wieder, dass er nur wenige Meilen entfernt eine
Klinik für Schönheitschirurgie betrieb und dort wohl auch

wohnte. Umgehend setzte ich mich in den zu unserer Hütte gehörenden, mit einem schweren Schneepflug ausgerüsteten Allrad-Truck und machte mich auf meinen Gang nach Canossa.

Als sich die Türe öffnete, stand er direkt vor mir. Ich hatte damit nicht einmal gerechnet. Für einen Moment zögerte und überlegte er, doch schon bald verfinsterte sich sein Blick. Offenbar hatte er mich erkannt. Seine einzigen Worte waren »Ach du heilige Scheiße«. Laut scheppernd fiel die Eingangstüre ins Schloss.

So schnell gab ich mich nicht geschlagen. Immer und immer wieder klingelte ich, bis sich die Türe endlich ein zweites Mal öffnete, diesmal durch eine Frau. So wie sie auftrat, konnte es sich bei ihr nur um Mrs. Lezard handeln.

»Nanu Liebchen, weißt du nicht, dass heute Heiligabend ist und man fremde Leute nicht stört«, kam es schnippisch und feindlich aus ihrem Mund. Offenbar hatte sie ihr Mann längst instruiert.

»Ich weiß liebe Frau, und es tut mir auch fürchterlich leid, doch es handelt sich um einen dringenden Notfall, bei dem Ihr Mann als Arzt benötigt wird. Bitte!«

Ihr Blick blieb streng und kalt. »Ärzte gibt es wie Sand am Meer. Ist kein anderer zur Stelle?«, versuchte sie mich abzuwimmeln.

»Bitte Mrs. Lezard, Sie können mir glauben, dass ich bei Ihrem Mann als Allerletztem geklingelt hätte. Es ist wirklich wirklich wichtig. Und heute ist doch Heiligabend. Hören Sie sich doch bitte nur einmal kurz an, was ich zu sagen habe.« Tränen rannen über meine Wangen. Ich versuchte zu bitten und zu flennen, eine andere Chance besaß ich nicht.

Sie blieb fast eine Minute schweigend in der Türe stehen und blickte verächtlich auf das kleine Häufchen Elend, das vor ihr in der Kälte zitterte, wimmerte und jammerte, hinab.

»Na gut Liebchen, ich will mal nicht so sein. Komm in unsere Diele. Wenn ich meinen Mann herbeigeholt habe, erzählst du ihm alles. Soll ich dir in der Zwischenzeit einen wärmenden Tee machen, so verfroren, wie du ausschaust?«

Ihr plötzlicher Sinneswandel und die mir entgegengebrachte Freundlichkeit überraschten und besänftigten mich zugleich. Arglos, wie ich war, schöpfte ich keinen Verdacht.

In der Diele trug ich meinem früheren Chef mein Anliegen vor, doch ich prallte permanent auf hartes Granit. Alle meine Überzeugungsversuche endeten mit dem gleichen Ergebnis, nämlich dem von ihm mir eiskalt vor die Füße geworfenen Satz: »Ja und? Ist doch nicht mein Problem.« Er schien mir mit aller Macht die Folgen meines damaligen ›Vergehens‹ an ihm demonstrieren zu wollen.

Als wir gerade wieder einmal zum gleichen Ergebnis gekommen waren, brachte seine Frau den Tee. Gierig und fröstelnd nahm ich einen ersten Schluck.

»Und wie läuft es, Liebchen? Hast du ihn schon überzeugen können?«, fragte sie mich fast übertrieben mitfühlend.

Hemmungslos flennte ich los. »Leider nein. Kein bisschen. Er verhält sich hart wie Stahl und eiskalt wie der Tod. Ich komme mit meinem Anliegen keinen Millimeter weiter. Dann wird mein Verlobter wohl diese Nacht oder spätestens morgen früh sterben müssen. Seine Eltern sind übrigens ebenso völlig verzweifelt. Ich hatte auf eine letzte kleine Chance gehofft und gedacht, noch etwas für ihn tun zu können, doch offenbar war alles umsonst.«

»Sind es die Jacksons, denen die große Rinderfarm ein paar Meilen aufwärts gehört?«, wollte sie wissen.

»Ja, genau die. Er war ihr Ein und Alles. Und meines übrigens auch.« Ich ließ meinen Tränen freien Lauf.

»Willst du ihn dir nicht wenigstens einmal anschauen, Frank?«, fragte sie ganz überraschend ihren Mann. »Schaden kann es vielleicht nicht.« Sie schien zwischen uns beiden vermitteln zu wollen.

»Bei einem Eingriff bräuchte er allerdings zuvor einen Auftrag und eine Freistellung«, meinte sie im freundlichsten Ton zu mir gewandt. »Wärst du die einzige aus seinem Umfeld, die momentan eine solche Unterschrift leisten könnte?«

»Ja klar«, beeilte ich mich zu antworten. »Aber Sie können sich gerne vorher bei seinen Eltern telefonisch absichern. Doch wenn Sie eine Unterschrift benötigen, werde ich sie gerne leisten. Seine Eltern dürften damit absolut einverstanden sein, das weiß ich schon jetzt.«

»Gut«, erhob sie sich. »Dann werde ich schon mal die Papiere fertigmachen.« Mir schien es fast so, als wenn sie ihm beim Hinausgehen unauffällig zuzwinkerte, jedoch maß ich dem Umstand keine weitere Bedeutung zu.

»Frank bist du bereit, ihm und mir zu helfen, trotz allem was zwischen uns vorgefallen ist? Würdest du ihn notfalls operieren, wenn du noch eine Chance für ihn siehst?«, wandte ich mich direkt an ihn.

Seine Augen nahmen einen teuflischen Glanz an.

»Ja, Samantha, aber nur unter einer Bedingung.« Er schien seine momentane Macht über mich zu genießen und auskosten zu wollen, denn weitere Informationen erhielt ich nicht.

»Und die wäre?«, hakte ich ungeduldig nach.

»Es wäre so, Samantha: Wenn ich die Operation erfolgreich durchführe und die medizinische Leitung des Lazaretts dir anschließend bestätigt, dass er eine gute Überlebenschance besitzt – ganz genau kann man das leider erst in einigen Wochen sagen, denn ich müsste ihn für einige Zeit in ein künstliches Koma versetzen –, dann stehst du mir für zwei Wochen mit allem was du hast zur Verfügung. Bedingungslos!«

Sein Grinsen hätte dreister nicht sein können.

Unwillkürlich musste ich schlucken.

»Das ist nicht dein Ernst, oder?« Ungläubig starrte ich ihn an.

»Natürlich ist es mein Ernst, Schätzchen«, bestätigte er seine Forderung mit dem gleichen Grinsen wie zuvor. »Aber wenn du nicht möchtest: Bitte, da vorne ist die Tür.« Schlagartig hatte sich sein Gesichtsausdruck von dreist grinsend in eiskalt verwandelt. Ich glaubte ihm in dem Moment jedes Wort.

»Aber das ist Erpressung! Zwang! Auf Amazon würden die Rezensenten der Geschichte allein schon aus diesem Grund wieder nur einen Stern geben!«, versuchte ich ihm entgegenzuhalten.

Überlegen lächelte er mich an.

»Schätzchen, ich glaube, das dürfte momentan weiß Gott deine geringste Sorge sein. Doch was soll's? Entweder du stimmst zu und bist bereit, mir deinen Körper zwei Wochen lang bedingungslos als Gegenleistung für meinen lebensrettenden Einsatz zur Verfügung zu stellen, oder das war es jetzt. Sein Leben und seine Gesundheit gegen deinen Körper. Bist du dazu bereit?

Ach ja: Was glaubst du wohl, würden die Jacksons antworten, wenn ich Ihnen die gleiche Frage stellte: das Leben ihres Sohnes gegen den Körper ihrer zukünftigen Schwiegertochter.

Möglicherweise hast du dir innerlich längst die Gretchenfrage gestellt: Warum verlangt er so etwas von mir? Warum ist er so böse? Kindchen hat man es dir noch nie gesagt? Ich bin die Kraft, die stets das Böse will und stets das Gute schafft. Möchtest du das Gute für deinen Verlobten? Dann lass das Böse walten!«

Fassungslos schaute ich ihn an. Ich hatte mir bislang nicht einmal im Entferntesten vorstellen wollen, dass Menschen dermaßen durchtrieben und bösartig sein könnten.

»Und wie willst du sicherstellen, dass ich mein Versprechen einlöse, wenn ich es tatsächlich geben würde?« Ich war froh, ein gutes Gegenargument gefunden zu haben.

»Ach Süße«, schaute er mich fast bemitleidend an. »Du bist eine von den Guten, eine die noch an Moral und an das Edle im Menschen glaubt, eine tugendhafte Justine gewissermaßen, die von einem Missgeschick ins andere taumelt. Meinst du, ich wüsste nicht, wie du tickst? Da vorne liegt die Bibel. Wenn du zustimmst, lasse ich dich beim Tod deines Verlobten schwören, dass du dich an unsere Vereinbarung hältst. Wenn er dann doch sterben sollte ... Tja, du hattest es in der Hand.«

Verärgert trat ich mit dem Fuß auf. Er hatte natürlich recht. Wenn ich es auf diese Weise schören würde, wäre die Vereinbarung für mich bindend. Meine innere Moral ließ nichts anderes zu. Ich würde ihm meinen Körper schenken, selbst wenn unser Handel rechtlich gesehen keinerlei Bestand hätte. Er hatte aber für mich vor Gott Bestand.

Kühl blickte ich ihn an. »Was genau muss ich schwören?«

Triumphierend lachte er auf. »Ich wusste, dass du irgendwann zur Vernunft kommen wirst. Bessere Argumente stechen letztlich immer. Und mir war schon damals in der Klinik klar, dass ich dich irgendwann kriegen werde, und zwar mit Haut und Haaren.« Gierig leckte er mit seiner Zunge über die Lippen. Ich verachtete ihn in dem Moment. Auf der anderen Seite sagte ich mir, dass ihn die Aussicht, sich meinen Körper bedingungslos zu eigen zu machen und ihn für seine perversen Gelüste zu nutzen, ihn besonders stark motivieren könnte, das Leben meines Freundes doch noch zu retten.

Kaum hatte ich geschworen, tauchte bereits seine Frau mit den Papieren auf. »Wo muss ich unterschreiben?«, fragte ich kalt und emotionslos und ohne einen Blick auf den Inhalt der Dokumente zu werfen.

Frank Lezard entpuppte sich einmal mehr als ein Meister seines Fachs. Im Laufe einer beinahe 12-stündigen Operation gelang es ihm, meinen Freund in einen stabilen Zustand und zugleich in ein künstliches Koma zu versetzen. Alle drei im Lazarett beschäftigten Ärzte und ein weiterer hinzugezogener Doktor aus dem Ort bestätigten mir, dass die Prognose meines Verlobten durchaus günstig war. Sie gingen übereinstimmend davon aus, dass er den Unfall überleben werde. Über seine spätere geistige Verfassung wollten sie sich zwar noch nicht verbindlich äußern, doch machten sie auch bei der Frage einen alles andere als pessimistischen Eindruck.

Mir blieb somit nichts anderes übrig, als mein Versprechen einzulösen.

Nachdem ich meine zukünftigen Schwiegereltern über die recht günstige neuerliche Entwicklung unterrichtet hatte, erklärte ich ihnen unter Tränen, dass ich mich momentan völlig erschöpft fühlte und in den nächsten zwei bis drei Wochen erst einmal Ruhe benötigte. Ein weiteres ungewisses Warten am Krankenbett ihres sich ohnehin im künstlichen Koma befindlichen Sohnes, das minütliche Hoffen auf ein spontanes gesundes Erwachen, das alles könnte ich in meiner momentanen Verfassung kaum noch ertragen. Ich entschuldigte mich deshalb bei ihnen, zunächst zu einer Freundin zu fahren, um etwas Abstand von der ganzen Sache zu gewinnen. Sie hatten das allergrößte Verständnis für mein Verlangen und bedankten sich beide sehr eingehend und mit herzerwärmenden Worten für meinen engagierten Einsatz und das noch rechtzeitige Auftreiben des Wunderdoktors, wie sie ihn nannten.

»Fahr ruhig und erhol dich gut, Samantha. Es ist besser, du sammelst in der Zeit, in der du ohnehin kaum etwas für ihn tun kannst, ein wenig Kraft, als später, wenn er wieder bei Bewusstsein ist. Da wird er dich ganz und gar brauchen. Wir wachen so lange an seinem Bett. Und danke noch einmal für alles. Du hast Michael das Leben gerettet. Wir werden immer in deiner Schuld sein.«

Den Tränen nahe stieg ich in den Truck, um mein Versprechen einzulösen. Von Kraft sammeln konnte allerdings in den nächsten zwei Wochen keine Rede sein, ganz im Gegenteil.

Das erste, was Dr. Frank Lezard gleich bei meinem Eintreffen von mir verlangte, war, mich meiner gesamten Kleidung und sonstigen Habe zu entledigen. Vor meinen Augen schloss er alles in einen sicheren Wandschrank ein, da ich in den nächsten Wochen entweder ganz nackt gehalten werde – der Normalfall gemäß seinen Worten –, oder aber von ihm gestellte Kleidungsstücke wie hochhackige Stiefeletten, Strapse, Stockings und dergleichen mehr zu tragen hätte.

An der Hand zog er mich hinter sich her, erst durch einzelne Gänge, Räume und Flure, bis wir ein recht luxuriös ausgestattetes Schlafzimmer erreichten, wo er mich mehrfach in allen meinen Öffnungen nahm. Man hätte sein Treiben auch als Vergewaltigung bezeichnen können, mit dem wesentlichen Unterschied jedoch, dass ich mich redlich bemühte, bei den Akten willig mitzuspielen. Dies galt in gleicher Weise für meine Höhepunkte, die er zwischenzeitlich immer wieder energisch einforderte. Als ich beim ersten Mal nicht prompt seinen Wünschen entsprechend reagierte, versetzte er mir einige gepfefferte Ohrfeigen, woraufhin ich in der Folge alles laufen ließ. Es war mir auch ganz recht, denn immerhin hatte er meinem Verlobten möglicherweise das Leben gerettet. Warum sollte dieser verdorbene Mann nun deshalb nicht in den Genuss meiner Höhepunkte kommen, und so gab ich mich ihm gänzlich hin. Es dürften in der Summe wohl zehn innere Explosionen gewesen sein, die ich ihm mit all meiner Leidenschaft bot.

Mein letzter Orgasmus war noch nicht ganz verklungen, da tauchte unvermittelt Frau Lezard in unserem Zimmer auf. Aufgrund meiner temporären Schwäche und Unkonzentriertheit gelang es ihr und ihrem Ehemann mit großer Leichtigkeit, meine gestreckten Arme und Beine an den vier metallenen Bettpfosten festzumachen. Frei bewegen konnte ich mich ab da nicht mehr.

»Geh dich ruhig ein wenig stärken, Liebling, ich mach' das jetzt hier schon. Du hast dich vorhin genug angestrengt«, zwinkerte sie ihrem Ehemann liebevoll zu.

Kaum hatte er den Raum verlassen, schob sie mir einen äußerst voluminösen Dildo zwischen die Beine, dessen unteres Ende mit einer raffiniert konstruierten elektronisch geregelten Fickmaschine verbunden war. Elegant setzte sie sich zu mir aufs Bett. In ihrer Hand hielt sie einen Magic Wand Massager, den sie ganz offenkundig auf meiner Klitoris zum Einsatz bringen wollte. Für einen Moment hielt sie ihn probeweise daran und gab ein surrendes Geräusch von sich.

Geschickt beugte sie sich vor und küsste mich auf den Mund. Ich sah in ihre großen Augen, die tief in mein Inneres vorzudringen versuchten.

»Zehn weitere Höhepunkte möchte ich sehen, aber vom Feinsten! Klar?«

Ehrfurchtsvoll nickte ich ihr zu.

Als sie die Maschine einschaltete und gleich darauf den vibrierenden und surrenden Massager an meinen Kitzler drückte, war es um mich geschehen. Höhepunkt auf Höhepunkt wogte wie eine schwere See ausgehend vom Zentrum meines Unterleibs durch meinen Körper. Laut schreiend stieß ich meine Lust hervor. Meine Brüste hoben und senkten sich im Rhythmus meines Atmens. Finger und Zehen verkrampften sich, doch nahm ich dies kaum wahr, denn schon bald explodierte ich ein weiteres Mal und eine neue schwere Welle entlud ihre geballte sexuelle Energie in mir.

Nach meiner Erinnerung dürfte ich ihr weit mehr als die von ihr verlangten zehn Höhepunkte geschenkt haben. Dies zeigte auch ihre spontane, mir äußerst zugewandte Reaktion. Liebevoll setzte sie mir einen Kuss auf die Stirn und die Lippen.

»Es ist immer wieder ein Vergnügen, eine so junge und schöne Frau auf dem Gipfel ihrer sexuellen Erregung und bei den sich daran anschließenden Entladungen zu beobachten«, meinte sie knapp.

Wie mir erst später klar wurde, bestand ein wesentlicher Teil des Genusses für sie darin, die letzte zu sein, der die Frau, die sich in ihren Händen befand, das Spektakel bot.

»Warte einen Augenblick.« Sie erhob sich schnell und kehrte bald darauf mit einem weißen Tuch zurück, dass sie verdeckt mit ihrer rechten Hand umfasste. Ihr Blick war zärtlich und liebevoll.

»Das war vorhin sehr anstrengend für dich. Man sieht es deinem beschmutzten Gesicht noch an. Entschuldige bitte, ich wische dir kurz deine Nase und deinen Mund sauber und trocken.«

Arglos und erschöpft, wie ich war, bemerkte ich zu spät, dass sich in ihrem Tuch ein starkes Betäubungsmittel befand. Ein tiefer Atemzug genügte, und ich verlor das Bewusstsein.

Als ich aufwachte, lag ich auf einem schmalen Gebilde, das sich zum Rücken hin wie ein ganz normales Bett anfühlte. Die Unterlage war weich und angenehm und stützte Schultern und Rücken gut. Mein Nacken lag auf einem kuscheligen Kopfkissen. Die gesamte Konstruktion schien genauso breit und lang wie mein Körper zu sein, sodass man von jeder Seite aus direkt an mich herantreten konnte.

Meine Arme und Beine waren zur Decke hin gestreckt und gespreizt und mittels Hand- und Fußgelenksmanschetten und daran befestigten Ketten an einem schweren Eisenträger angebracht. Aus der Ferne dürfte die Konstruktion wie eine sehr bequeme und vergleichsweise große Liebesschaukel ausgesehen haben.

An meinem Hals hatten sie eine ausladende weiße Papierkrause angebracht, die dafür sorgte, dass ich nur einen Teil meiner Arme und Beine sehen konnte, meinen gesamten Rumpf jedoch nicht.

Kaum hatte ich mich ein wenig mit dem Raum und meiner absurden Situation vertraut gemacht und mich der Dinge erinnert, die ich am Abend zuvor über mich ergehen lassen musste, da öffnete sich die Türe und Frau Lezard trat ein.

»Na, Liebchen, wie geht es dir heute?« Sie strahlte über ihr ganzes Gesicht.

»Ich bin mir nicht sicher. Irgendetwas ist anders, aber ich weiß noch nicht was, zumal ich kaum etwas von mir sehen kann«, antwortete ich ihr wahrheitsgemäß.

»Kommt noch«, erwiderte sie freundlich. »Ich erkläre dir erst einmal, welche Arbeiten wir gemäß deines Auftrages bereits ordnungsgemäß durchgeführt haben. Keine Sorge, es ist alles einwandfrei gelaufen.«

Ich erschrak. »Welchen Auftrag?«, fragte ich mit weit aufgerissenen Augen.

»Nur keine Panik, Liebchen.« Sanft tätschelte sie meine Wangen und meinen Bauch. »So kurz nach einer Operation tut unnötige Aufregung nicht gut.« Sie atmete hörbar ein und aus.

»Fangen wir einmal mit deinem Busen an. Ein wahres Meisterwerk meines Mannes. Ab jetzt hast du Körbchengröße D. Wir geben dir bei deiner Verabschiedung einen passenden BH mit, denn deine bisherigen Halter kannst du getrost entsorgen. Die passen vorne und hinten nicht mehr.« Sanft fuhr sie mit ihrer flachen Hand über meine Brust. Ich spürte sofort, dass sie sich völlig anders anfühlte.

»Wunderbar! Ich habe kaum jemals einen schöneren gesehen. Ein wahres Prachtwerk. Die Blicke der Männer werden sich daran festbeißen wollen. Und die deines Verlobten sowieso: Ein wunderschöner Weihnachtsbusen als Geschenk von uns an ihn.«

Unvermittelt zog sie an meinen Nippeln. »Durch deine Knospen gehen jetzt zwei herrliche goldene Ringe. Vielleicht lässt du sie dir irgendwann einmal von einem spendablen Lover durch solche mit kleinen anhängenden Diamanten ersetzten. Die mag ich persönlich am liebsten, zumal sie sehr griffig sind. Wir haben beide Eingriffe in einem Aufwasch gemacht. Das Ergebnis ist praktisch so etwas wie ein Rundum-sorglos-Busen. Ich persönlich finde ihn perfekt.«

Verträumt spielte sie an den Ringen. Es fühlte sich überraschend angenehm an.

Bevor ich Einwände anbringen oder gar protestieren konnte, fuhr sie in ihren Ausführungen fort.

»So, kommen wir einmal zu den wesentlicheren Dingen, nämlich deinem eigentlichen Lustzentrum.« Sanft fuhr ihre Hand über meine vollständig glatte Vulva.

»Deine gesamte Scham haben wir laserbehandelt. Rasieren musst du dich in Zukunft dort nicht mehr. Der Zustand ist permanent. Das gilt übrigens für deine Achseln ebenso.«

Zärtlich streichelte sie über meine Schamlippen. Es war ein leises metallenes Klingeln zu hören. »In deine äußeren und inneren Labien haben wir mehrere Ringe eingesetzt. Deine zukünftigen Liebhaber dürften begeistert sein, zumal sie die Funktion des darüber sitzenden Klitorispiercings optimal unterstützen.«

Ihr Blick verklärte sich. Andächtig hob sie ihren Kopf zur Decke und atmete zweimal tief ein und aus. Ihre Gestik ähnelte ein wenig dem Trommelwirbel zur Ankündigung einer großen Attraktion.

»Und nun das Beste, Liebchen. Mein Mann und ich haben lange diskutiert, ob wir dir lediglich einen normalen Klitorisring einsetzen, oder das magische große Lezard-Piercing. Mein Mann war für den einfachen Ring, weil du gestern Abend sehr willig warst und mehrfach wundervoll laut gekommen bist, seiner Meinung nach sollte man so etwas erhalten. Ich war für das innovative Lezard-Piercing, und zwar aus exakt den gleichen Gründen.«

»Und wer hat sich durchgesetzt?«, fragte ich besorgt.

Wie im Zeitlupentempo beugte sie sich zu mir vor, legte ihre Hände schützend unter meinen Kopf und drückte ihre Lippen auf meine. Vorwitzig wagte sich ihre Zunge zwischen meinen Zähnen hindurch und dann in meinen Mundraum vor. Leidenschaftlich küsste sie mich.

»Ich natürlich. Du wirst nie wieder in deinem Leben Höhepunkte erleben, wie du sie noch gestern reichlich hattest. Dafür aber etwas viel Besseres und Größeres.«

Schrill lachte sie auf. Für einen Augenblick dachte ich, in die Hände einer Psychopathin geraten zu sein.

Gekonnt entfernte sie die störende Papierkrause um meinen Hals.

»Tatata, da ist das Wunderwerk!«, rief sie mit sichtlicher Begeisterung aus.

Ich konnte kaum glauben, wie verändert mein Rumpf von meiner jetzigen Position aus aussah. Ich musste meinen Kopf deutlich mehr als sonst anheben, um überhaupt meinen Venushügel erblicken zu können, da der direkte Weg von zwei mir bislang unbekannten, voluminösen, allerdings tatsächlich auch sehr schön aussehenden Möpsen versperrt war. Neugierig ließ ich meinen Blick über die Brustringe schweifen, bis er sich schließlich auf einen recht großen und dickwandigen Ring in der Nähe meiner Klitoris fokussierte, an der sie bereits verträumt mit den Fingern spielte.

»Liebchen, ich will es dir einmal kurz erläutern. Also es ist so«, setzte sie ihre Belehrungen fort. »Normalerweise baut man beim Geschlechtsverkehr sexuelle Energie auf, die sich im Orgasmus entlädt. Je mehr Energie man im ersten Teil des Sexualaktes aufgeladen hat, desto fulminanter sind die anschließenden Entladungen und die dabei wahrgenommenen Gefühle. Du kannst mir folgen?«

Angstvoll nickte ich ihr zu.

»Durch den Lezard-Ring verändern sich die Verhältnisse grundlegend. Ich habe sehr lange daran arbeiten müssen, bis er mir endlich so perfekt gelang, wie er nun ist. Es handelt sich bei dem Eingriff nicht einfach nur um das Einsetzen eines Rings. Tatsächlich wird zunächst die Klitoris großräumig geöffnet. Im Anschluss daran werden zwei durchtrennte wichtige Nervenstränge gegenläufig wieder miteinander verbunden und mittels eines speziellen aufwendigen Verfahrens – der sogenannten

Lezard Encapsulation – verschweißt. Aus diesem Grund kann die Operation nur von äußerst versierten Neurochirurgen durchgeführt werden.

Wenn die Wunde halbwegs geschlossen ist, erfolgt die Einsetzung des Rings, der eine desinfizierende und stabilisierende Wirkung besitzt und zugleich das sichtbare Markenzeichen der vorgenommenen Maßnahme ist. Man kann den Frauen, die die Operation durchgeführt haben, sehr leicht ansehen, dass sie ihre sexuelle Energie während des Beischlafs zwar weiterhin stetig aufbauen, sie jedoch nicht mehr durch einen Höhepunkt schubartig abbauen können.«

Verträumt lächelte sie in sich hinein, während sie weiterhin mit den Fingern an meinem Klitoris-Ring, ihrem vermeintlichen Meisterwerk, spielte.

»Und was heißt das nun konkret?«, fragte ich mit zunehmender Besorgnis nach.

»Liebchen, in etwa sechs Tagen, wenn alles hinreichend gut verheilt ist, werden wir einen ersten Abnahmetest durchführen. Du kommst auf die Fickmaschine, während ich deine Vulva gleichzeitig mit dem Massager stimuliere, so wie du es schon kennst. Wenn alles gut gegangen ist, wirst du die ganze Zeit zwar sehr erregt sein, du wirst stöhnen und schreien, so wie du es auch vor der Operation schon getan hast, vielleicht aber auch noch ein ganzes Stück lauter und intensiver, deine Erregung wird steigen und steigen bis in nie gekannte und geglaubte Höhen, doch sie wird sich nicht mehr schubartig entladen. Mit anderen Worten: Du wirst keinen Orgasmus dabei haben.«

Ungläubig und zugleich empört richteten sich meine Augen wie Zielfernrohre auf sie.

»Was? Sagen Sie das bitte noch einmal!«

Schnell gab sie mir einen zärtlichen Kuss.

»Nun sei nicht gleich so ungehalten, Liebchen. Du wirst Gefühle erleben, wie du sie nie zuvor gekannt hast. Und sie werden dich süchtig machen, süchtig nach Sex. Die aufgebaute

Energie wird zwar nach dem Beischlaf ganz allmählich dein Lustzentrum verlassen, doch das kann dauern. In der Zwischenzeit wirst du an vielen Tagen kaum etwas unversucht lassen, dir einen neuen Kick zu holen. Oder um es anders zu sagen: Du wirst sexsüchtig und dauergeil sein. Kann es etwas Schöneres geben?«

»Schönes? Ich glaube Sie spinnen wohl! Bin ich eigentlich die erste Versuchsperson, die für ihre wahnhafte Idee herhalten musste, oder haben Sie das auch schon an anderen probiert?« Wütend zerrte ich an den Ketten meiner gefesselten Arme und Beine.

»Wieso herhalten?«, antwortete sie kühl. »Du hast uns damit beauftragt. Schau einmal, hier liegt das Doppel des von dir selbst unterschriebenen Vertrags«. Mit ihrer rechten Hand wies sie auf ein Blatt Papier, auf dem sich tatsächlich meine Unterschrift befand. Jetzt erinnerte ich mich. Es handelte sich um die vorgebliche Freistellung des beauftragten Dr. Lezard bei der Operation meines Freundes. Mir wurde schlagartig klar, dass mich die beiden zu fleischgewordenen Teufel auf arglistige Weise getäuscht hatten.

»Um auf deine Frage zurückzukommen«, fuhr sie gelassen fort. »Du bist bereits die Zwölfte. Alle bisherigen Patientinnen waren jedoch Sklavinnen, die die Operation auf Anordnung ihrer Herren durchführen ließen, du bist die erste, die es selbst wollte. Über die Endgültigkeit des Eingriffs haben wir die Patientinnen selbst vorher stets im Unklaren gelassen, nur ihre Herren waren umfassend informiert.

Wie sehr wünschte ich mir manchmal, sehen zu können, wie sich ihr Vergnügen mit ihrer Sklavin durch den Eingriff nun beträchtlich erhöht hat. Nimm beispielsweise unsere Patientin von letzter Woche. Sie kam bei der Voruntersuchung ein paar Mal sehr laut und fulminant zum Höhepunkt, ähnlich wie du gestern. Ihr Herr bemängelte allerdings zu Recht, und unsere Tests konnten dies eindrucksvoll bestätigen, dass sie spätestens nach dem Erreichen ihres fünften Höhepunktes einen Großteil ihrer Lust und sexuellen Energie verloren hatte. Meist wollte sie dann nicht mehr. Dieses Problem dürfte nun behoben sein. Möglicherweise spannt er sie just in diesem Augenblick wieder auf seine Sybian-Fickmaschine, von der er uns berichtete, um sie in der nächsten Stunde weiter und weiter mit sexueller Energie aufzuladen, aus der es für sie kein Entrinnen mehr gibt, da ihr nun die Fähigkeit fehlt, sich schubartig ihrer angesammelten Energie zu entledigen und sich zu entladen. Sie wird schreien und schreien, doch niemals über den alles entscheidenden Punkt hinwegkommen. So wie du in der Zukunft auch, jedenfalls, wenn heute alles glatt gelaufen ist, was ich mir sehr wünsche.

Die Vorteile für das beschriebene Paar liegen auf der Hand. Wenn er sie nach vielleicht einer Stunde von seiner Maschine nimmt, wird sie zunächst völlig erschöpft in seine Arme fallen. Eventuell zittern ihre Beine. Doch schon bald wird sie nur noch einen einzigen Wunsch verspüren: Endlich wieder von ihm gefickt zu werden. Oder von jemand anderem. Eventuell gegen Geld. Bei dir wird das nicht anders sein.«

Wutentbrannt zerrte ich erneut an den Ketten, die an meinen Armen und Beinen angebracht waren.

»Liebchen, damit du dich wieder etwas beruhigst, erkläre ich dir kurz das kommende Programm. Oft tut man sich leichter, wenn man bereits im Vorfeld ungefähr weiß, was in den kommenden Tagen für einen zu erwarten ist. Dann erübrigt sich manch unnütze Aufregung, wie du sie gerade zeigst. Bedenke bitte: Du hast keine ganz einfache Operation hinter dir. Du solltest dich lieber schonen.

Zurück zum Programm: Heute Abend erwarten wir einen Künstler, der dir ein wunderschönes Tattoo an der linken Brust und ein weiteres auf einer Seite deines Venushügels stechen wird. Ferner wirst du ein Branding auf der linken Schulter erhalten. Kennern zeigt es an, dass du bei uns warst. Damit wären dann aber wirklich alle operativen und kosmetischen Eingriffen beendet. Den restlichen Aufenthalt bei uns kannst du gelassen und entspannt genießen.

Den Abnahmetest für das Lezard-Piercing führen wir – wie bereits erwähnt – in etwa sechs bis sieben Tagen durch. Glaube mir: Du wirst restlos begeistert von seinen Funktionalitäten sein. In der nächsten Woche prüfen wir dann noch mehrmals die Belastbarkeit deiner neuen Brüste. Ein solcher Abnahmetest gehört zu den Standardanforderungen aller Herren nach Brustoperationen ihrer Sklavinnen.

Konkret wird die Prüfung in etwa so aussehen. Wir fahren dich vormittags zu einem benachbarten Pferdehof, wo man dich mit ausgestreckten Armen an der Decke einer Laufhalle festmacht. Danach erfolgt das gründliche Auspeitschen deines Körpers mit der Bullenpeitsche, erst durch meinen Mann, dann durch mich.« Sie lachte kurz auf. »Natürlich er zuerst, denn er peitscht meist eher soft, für meinen Geschmack viel zu soft. Bei mir zieht es dafür umso gründlicher. Wenn deine neuen Titten die tägliche Tortur problemlos überstehen, sind sie gut.

Unabhängig davon werden wir in der verbliebenen Zeit deinen Körper in jeder erdenklichen Weise sexuell genießen und auch nutzen. Doch spätestens ab der zweiten Woche wirst du es dir sowieso wünschen, und zwar noch viel häufiger und intensiver, als wir es uns nehmen oder dir jemals geben könnten.«

Obwohl ich es mir damals beim besten Willen nicht vorstellen konnte, ihre letzten Sätze sollten sich als absolut zutreffend erweisen.

Die beiden Tests mit meinen Brüsten und dem Lezard-Piercing verliefen zur vollen Zufriedenheit der beiden ausführenden Ärzte. Frau Lezards Hiebe in der Pferdehalle waren dermaßen hart und unnachgiebig, dass die Robustheit meines neuen D-Körbchen-Busens außer jeden Zweifels war. Sie stand meinen Naturbrüsten in nichts nach.

Und schließlich führte die Abnahme des Lezard-Piercings auf der Fickmaschine zu exakt dem Ergebnis, das die Ärztin prognostiziert und sich auch inständig gewünscht hatte. Als sich nach einer Stunde Intensivbehandlung per maschinellem Dildo

und Massager noch immer weitere sexuelle Energie in meinem
Unterleib ansammelte und ich schrie und schrie und schrie und
mich dennoch kein einziges Mal pulsierend und befreiend
entladen konnte, wozu ich sonst stets mit Leichtigkeit in der
Lage war, brach Frau Lezard in wahre Jubelstürme aus. Wie ein
kleiner verrückter Derwisch sprang sie im Raum umher und rief
fortwährend ›Ja Ja Ja‹. Dann küsste sie mich. Erschöpft,
verschwitzt und weiterhin hochgradig erregt ließ ich es zu.
Willig öffnete ich den Mund, als ihre Zunge meine Lippen
berührte.

»Liebchen, du kannst dir kaum vorstellen, wie glücklich ich
bin. 12 Operationen und zwölfmal Erfolg! Wir haben die Sache
endlich sicher im Griff und sind im Stadium der Routine
angekommen. Das eröffnet uns natürlich ganz neue Möglichkei-
ten. Wir könnten jetzt bis zu drei Operationen am Tag durchführen. Stell dir das nur einmal vor: Von drei Mädchen am Tag
bekomme ich während der Abnahmetests ihre allerletzten
Orgasmen vorgestöhnt, bevor ich mich daran mache, sie ihnen
endgültig zu nehmen. Sie werden nie wieder in ihrem Leben
kommen, nie mehr den süßlichen Schmerz der sexuellen
Entladung und Befreiung erleben und stattdessen ständig erregt
und geil sein. So wie du.«

Sie löste meine Fesseln und ließ mich nackt, wie ich war,
zwischen ihren gespreizten Jeansbeinen Platz nehmen. Mit dem
Rücken lehnte ich mich erschöpft an ihre Brust. Während ihre
linke Hand meine Brüste erforschte, spielte die andere an
meiner klatschnassen Spalte, am Piercing und den verbliebenen
Resten meiner Klitoris. Sie ging äußerst geschickt und versiert
vor, sodass ich schon bald wieder laut zu stöhnen begann.

»Riechst du das?«, flüsterte sie mir leise ins Ohr. Es ist in
allen deinen Zellen. Dein gesamter Körper duftet nach deiner
Möse, es ist sogar in deinen Haaren.«

Intensiv schnupperte sie an meinem Nacken, den Achseln,
Schultern und am Rücken. Dabei legte sie mir ihre innersten
Gedanken und Gefühle offen.

»Wunderbar!« Sie nahm einen tiefen Atemzug. »Ich hoffe sehr, einmal ein solch junges Ding wie dich zu finden, das sich operieren lässt und bleibt. Sie würde es wirklich sehr gut bei mir haben. Selbst die Peitsche könnte sie leicht ertragen, da sie sie in ihrer ständigen Geilheit kaum spürte, du wirst es in den nächsten Tagen erleben.

Warum bleibst du nicht? Ich würde dich jeden Abend stundenlang fingern, in etwa so wie jetzt, doch es wäre nicht aufgezwungen, denn du flehtest darum, wärst geil darauf, würdest dich sogar in den Staub vor mich werfen, um es wieder und wieder zu bekommen, ein verdorbenes Luder, ein Miststück, eine rollige Katze und alles dank meiner Hand. Meine geile Schöpfung wärst du, mit einem Leben, das nur einem einzigen Zweck diente, nämlich ständig geil zu sein. Ein wenig trinken, ein wenig essen, manchmal ins Bad oder unter die Dusche, und ansonsten nur Stöhnen, Schreien und Schwitzen, mal unter der Fickmaschine, dem Massager, meinen liebenden Fingern, den Schlägen der Peitsche oder der Lust meines Mannes. Nicht einmal Siddhartha wäre der Erleuchtung so nahe gewesen, wie du ihr kommen würdest.«

Auch wenn ich mich später einmal dafür schämen sollte, ich genoss die Abende mit ihr. Zunächst kam ich auf die Fickmaschine, anschließend fingerte sie mich, und obwohl sie sich stets sehr viel Zeit dabei ließ, wollte ich keine einzige Sekunde ihrer Fingerarbeit missen. Ich war geil, und es war geil. Schon bald streckte ich ihr meinen leicht geöffneten sehnsuchtsvollen Mund entgegen, um ihre Küsse zu empfangen und ihre leidenschaftliche Zunge aufzunehmen, während ihre Hände meine Muschi bearbeiteten und meinen schwitzenden Körper streichelten.

Nachdem Michael wieder vollständig gesund und genesen war, heirateten wir und zogen nach New York, wo er schon länger arbeitete und auch wohnte. Natürlich wunderte er sich sehr über meine körperlichen Veränderungen, akzeptierte meine Erklärungen jedoch dankenswerterweise unhinterfragt, denn mein neues Äußeres entsprach durchaus seinen Gelüsten.

Michael liebte den Sex. Er hatte ihn gern und oft, und zwar meist deutlich häufiger als ich. Das eine oder andere Mal war es hierdurch bereits zu kleineren Unstimmigkeiten zwischen uns gekommen, die jedoch stets schnell wieder beigelegt werden konnten. Dennoch sah ich in solchen Präferenzunterschieden ein denkbares Konfliktpotenzial für unsere spätere Ehe. Ich erklärte ihm deshalb, dass mir der Umstand schon immer Sorgen bereitet hätte. Als er auf Leben und Tod im Krankenhaus lag, schloss ich deshalb einen Handel mit dem lieben Gott: Wenn er mir meinen Michael wieder gesund und munter zurückgäbe, würde ich meinem Mann stets eine liebende und vor allem auch willige Ehefrau sein, die sich ihm nie verweigerte. Und um mein Gelübde noch ein wenig zu erschweren, nahm ich ein paar Veränderungen an meinem Körper vor, die seinen Sexualtrieb vermutlich weiter anregte, sodass er vielleicht noch mehr Sex als bislang schon von mir verlangte. Ich schwor, ihm auch ein solches Verlangen willig und ohne jedes Zögern jederzeit zu erfüllen. Gleichzeitig erhoffte ich dadurch, schon im Krankenbett ganz besonders erotisch auf ihn zu wirken und somit zu einer schnelleren Gesundung beizutragen. Denn je schneller er wieder gesund würde, desto eher könnte er seine sexy Verlobte in die Arme schließen und gehörig durchvögeln.

Er lachte nur, begann aber sofort, mein Angebot reichlich zu nutzen, was mir sehr recht war, da ich längst dauergeil war. Das sagte ich ihm jedoch nicht.

Manchmal spielte er auch mit meinem vermeintlichen Gelübde. So kam es vor, dass er mich am Arm in unser Bett zog und mir leise ins Ohr flüsterte, dass wir beim Liebemachen neuerdings stets Gott auf unserer Seite hätten. Offenbar glaubte er noch immer, mich als den deutlich untriebigeren Part zu Sex überreden zu müssen. Ich ließ ihm die Vorstellung, indem ich oft so tat, als müsse zunächst noch mein Widerstand gebrochen werden, bevor ich mich ihm ganz und gar hingab. Dabei war es genau umgekehrt. Ich hätte am liebsten immer und überall Sex mit ihm gehabt.

Einmal meinte er in einem leicht ironischen Unterton und nach dem dritten Glas Rioja zu mir, nun wisse er endlich, warum man vom lieben Gott spreche. Ein Gott, mit dem man Vereinbarungen schließen könne, deren zu erbringende Gegenleistung bei Erfüllung der von Gott erwünschten Tat darin bestehe, mehr Liebe zu machen, sei wahrlich ein echter Gott der Liebe. Spätestens hier schwante es mir, dass ihm die Erklärungen zu meinen unerwarteten körperlichen Veränderungen nie wirklich plausibel vorgekommen waren.

Nach etwa einem Jahr in New York wandelte sich der Status meines Sex-Problems sukzessive von ernst in äußerst ernst. Meine Geilheit nahm Formen an, die kaum mehr zu ertragen waren. Da ich tagsüber nicht viel zu tun hatte, entschloss ich mich auf einige ausgewählte Internetannoncen zu antworten, um mit anderen meine unbändige Lust über Tag auszuleben. Ich achtete penibel darauf, stets nur New Yorker Distrikte anzusteuern, von denen ich mir ziemlich sicher war, dort nie auf Michael oder einen seiner Freunde, Kollegen und Bekannten zu treffen.

Als besonders effizient erwiesen sich privat geführte Gangbangs. Bei solchen Veranstaltungen mit zum Teil bis zu 20 Männern war ich ganz in meinem Element. Es ging nur um Sex mit möglichst vielen Männern und in allen meinen Öffnungen. Da sich meine Eigenschaften schon bald in der engeren Szene herumsprachen und man mir in der Folge zunehmend größere Gruppen anvertraute, konnte ich mit meinem Laster ganz nebenbei eine ganze Stange Geld verdienen. Ich entschloss mich, ein heimliches Konto in Atlantic City zu eröffnen, um die verdienten Summen umgehend in Goldmünzen umzutauschen und in das zum Konto gehörende Schließfach zu deponieren. Mein heimlicher Gedanke war: Sollte mein Mann Michael jemals hinter mein Laster kommen und mich verärgert aus der gemeinsamen Wohnung werfen, verfügte ich wenigstens noch über einen ausreichend großen finanziellen Rückhalt für einen Neustart, wie auch immer der hätte aussehen können.

Auf einer der Orgien lernte ich irgendwann Grace kennen, ein süßes 19-jähriges schwarzes Girl mit wunderschönen großen Augen, die zusammen mit mir den anwesenden Männern ihre Öffnungen präsentierte und zur Verfügung stellte. In einer Pause sagte sie mir, dass sie meine Geilheit sehr beeindrucke, zumal ich eine Weiße sei, und da wäre ja bekannt, dass die oftmals gar nicht wüssten, wo ihre Muschi sei. »Weiße Pussys bringen's nicht, das weiß doch heute jede«, fügte sie noch grinsend an.

Nachdem wir uns intensiv geküsst und auch geleckt hatten, gestand ich ihr mein Problem. Sie gab mir den Tipp, mich einmal vertrauensvoll an Otis zu wenden, der in einer gehobeneren schwarzen Gegend ein recht gut gehendes und geführtes Bordell leite, und – soviel sie wisse – seit geraumer Zeit auf der Suche nach einer geilen weißen Pussy sei.

Gleich am nächsten Tag war ich da. Otis' Bordell besaß genau 30 Zimmer, in denen ausschließlich schwarze Liebesdamen ihren Dienst verrichteten. Die Zimmer waren sauber, gepflegt und adrett. Daneben gab es einen großen Kontaktraum mit Bar, in der die Freier mit den überwiegend auf Barhockern wartenden knapp bekleideten Liebesdamen ins Gespräch kommen und sich für eine entscheiden konnten. Nachdem mich Otis eingehend getestet hatte, zog er mich völlig unbekleidet in den Kontaktraum, um mich den anwesenden Damen und Freiern vorzustellen. Es war ihm anzusehen, dass ich genau dem Typ Frau entsprach, den er sich wohl insgeheim gewünscht, bislang aber noch nicht gefunden hatte.

Schon der erste Kunde machte mir klar, was wohl Otis' vermeintliches Problem in der Sache war. Dem Freier schien es nämlich vor allem darum zu gehen, die offenkundig einer gehobenen Schicht zugehörigen weißen Fotze mit seinem übermächtigen schwarzen Organ restlos niederzuficken und zur Aufgabe zu zwingen, was ihm zu seiner offenkundigen Verwunderung bei mir jedoch nicht einmal ansatzweise gelang. Mit jedem Stoß seines sich fast mit Gewalt in mich hineinzwängenden Schwanzes wurde ich immer geiler. Ich schrie und stöhnte in einem fort, ohne jemals über den Point of no Return zu kommen, den es für mich ja ohnehin schon länger nicht mehr gab.

Wie ich später vernahm, war mein Stöhnen und Schreien bis in den Kontaktraum hinein zu vernehmen, was mir viele weitere zufriedene Kunden bescherte. Darunter war schließlich einer, der mir am Ende unseres Zusammenseins ein ganz anderes Problem eröffnete: Sein achtzehnjähriger Sohn habe eine für ihn unverständliche Aversion gegenüber allen Weißen entwickelt. Auch übe er sich ständig im Boxen und anderen Kampfsportarten, treibe sich auf Rap-Veranstaltungen und ohnehin recht viel auf der Straße herum. Er wünschte sich, ihn einmal mitzubringen und ihn auf mich loszulassen, wie er sich auszudrücken pflegte. Da der von ihm über das Normale hinausgehende Liebeslohn in der Tat alles andere als unerheblich war, willigte ich ein.

Sein Sohn gestaltete unser Zusammensein von Beginn am im Stile eines Box- oder Ringkampfes. Unentwegt trommelte sein riesenhaftes Organ praktisch im Halb-Sekundentakt in mich hinein. Ganz offenkundig versuchte er, mich rigoros durchzuknallen. Erst als er spürte, dass er meiner Geilheit auf diese Weise nicht Herr werden konnte, ließ er nach, und wandte sich zärtlicheren Spielarten zu. Als wir uns das erste Mal küssten und tief in die Augen schauten, war das Eis zwischen uns restlos gebrochen. Danach erlebte ich sehr zärtliche Phasen mit ihm. Und ab dann war er jede Woche mein Gast.

Dies sollte sich allerdings als nicht ganz unproblematisch herausstellen, denn irgendwann hatte ich ganz unvermittelt seine 17-jährige Freundin in meinem Zimmer stehen – ich weiß bis heute nicht, wie sie es damals schaffte, völlig unbemerkt an Otis vorbeizukommen –, und zwar ausgerechnet in einem Augenblick, als wir gerade mächtig zugange waren und ich ganz besonders laut stöhnte. Natürlich machte sie sofort eine riesengroße Szene, der ihr schmucker Freund absolut nichts entgegenzusetzen hatte. Männer werden schnell hilflos, wenn sie es mit starken weiblichen Emotionen zu tun bekommen. Das war bei meinem muskelbepackten jungen Lover nicht anders.

Nackt wie ich war stand ich auf und küsste sie ohne Umschweife auf den Mund, denn ich mochte sie vom ersten Augenblick an, was vielleicht auch meiner Dauergeilheit geschuldet war, denn dadurch mag man viele Menschen.Und ich konnte sie und ihre Ängste vollkommen verstehen. Ich hätte an ihrer Stelle nicht anders reagiert, vor allem in ihrem Alter nicht.

Sie war so konsterniert, dass sie sich ganz leicht und schweigend in unser Bett führen ließ, wo wir sie ihrer Kleidung entledigten. Nachdem wir uns ein paar Mal geküsst und anschließend gegenseitig die Muschis geleckt hatten, wobei sie einen fulminanten Orgasmus bekam, war alles wieder im Lot. Manchmal denke ich, dass sich Frauen, die sich um einen Mann streiten, erst einmal küssen und gegenseitig die Muschis lecken sollten. Die meisten Probleme dürften sich dann von selbst erledigt haben. Jedenfalls glaube ich das, seitdem ich dauergeil bin.

So war es auch hier wieder einmal. Nach einer halben Stunde war sie sogar bereit, ihrem Freund und mir beim Ficken und ganz besonders mir beim Stöhnen zuzusehen.

Ich war schon deutlich länger als ein Jahr bei Otis, als er mich im Anschluss an unseren morgendlichen Fick, mit dem ich für gewöhnlich den Tag in seinem Bordell begann, unvermittelt fragte, was denn eigentlich mein erotisches Geheimnis sei. Woher ich die unbändige und ganz offenkundig unstillbare sexuelle Energie nähme, zumal ich nur eine Weiße sei? Da erzählte ich es ihm und brachte den Stein wohl endgültig ins Rollen.

Er reagierte wie elektrisiert und konnte tagelang von kaum etwas anderem sprechen. Schließlich redete er so lange auf mich ein, bis er den Namen und die Adresse der Herrin der Ringe von mir erfuhr. Bereits in der Woche darauf flog er mit drei seiner besten Pferdchen nach Great Falls, um sie bei den Lezards operieren zu lassen. Es war keine Frage, ob sie wollten oder nicht. Er machte ihnen unmissverständlich klar, dass wenn sie weiterhin bei ihm arbeiten und Geld verdienen wollten, sie es mussten.

Wie sich herausstellte, waren sie in den ersten Tagen und Wochen nach dem Eingriff zutiefst frustriert über dessen spürbare Folgen. Mit der Zeit legte sich das jedoch, da ihre Einnahmenkurven aufgrund der körperlichen Veränderungen steil nach oben zeigten. Und da nicht Sex, sondern Geld die Welt regiert, freundeten sie sich mehr und mehr mit ihrer fehlenden Orgasmusfähigkeit und ihrer Dauergeilheit an.

Im Laufe des Jahres ließ Otis alle seine Huren umstellen. Zugleich änderte er einiges an der Organisation seines Bordells. Beispielsweise mussten wir Frauen uns ab dann stets nackt im Kontaktraum aufhalten, es waren höchstens Handtücher als Sitzunterlage, Strapse, Strümpfe und Schuhe erlaubt, alles andere dagegen nicht. Der Service bestand für ihn darin, dass es für die zahlende Kundschaft des Bordells sofort erkennbar sein sollte, ob die sie interessierende Hure den Lezard-Ring trug oder nicht. In seinem Bordell war dies irgendwann grundsätzlich der Fall.

Obwohl ich nun durch die anderen Frauen etwas mehr Konkurrenz bekommen hatte, ging ich weiterhin regelmäßig zu Otis, zumal ich noch immer die einzige Weiße in seinem Laden war, und etliche Kunden ganz explizit auf dieses Merkmal standen.

Nach mehr als zwei Jahren bei Otis und anderen Liebesdienstanbietern hatte sich auf meinem Konto in Atlantic City ein recht ordentliches kleines Vermögen angesammelt, jedenfalls für meine Belange.

Wir waren etwas mehr als drei Jahre verheiratet, als Michael eines Tages auffällig verstimmt nach Hause kam und sofort in seinem Zimmer verschwand. Rasch folgte ich ihm, um den Grund seines Ärgers zu erfahren. Arglos vermutete ich, dass ihm irgendein berufliches Problem zu schaffen machte. Allerdings gab es noch einen zweiten Grund, ihm hinterher zu laufen. Ich war mal wieder schrecklich geil und wünschte mir sofortigen Sex, hart, unnachgiebig und mindestens zwei ganze Stunden lang. In seinem Zimmer angekommen schlang ich deshalb meine Arme von hinten um seine Brust und küsste ihn auf den Nacken, so wie ich es oft machte, wenn ich von ihm genommen werden wollte.

Unwirsch schob er mich zur Seite. »Fass mich nicht an, du Schlampe!«, stieß er verärgert hervor. Erschrocken wich ich zurück.

»Aber Liebling, was hast du denn?« Ängstlich sah ich ihn an.

»Das fragst du noch? Vor zwei Monaten hat mir Mason erzählt, du hättest dich bei einer zufälligen Begegnung im Walmart ihm gegenüber wie eine läufige Hündin benommen. Ich habe ihm daraufhin die Freundschaft gekündigt. Niemand sagt so etwas ungestraft über meine Frau.

Doch damit nicht genug: Letzte Woche höre ich von Olivia, du hättest in einem Café versucht, einen Fuß zwischen ihre Beine zu bekommen, und zwar so energisch und erfolgreich, dass du fast bis in ihr Zentrum vorgedrungen wärst. Ich habe mich natürlich sofort umgedreht und jede weitere Kommunikation mit ihr für beendet erklärt.

Und heute schließlich berichtet mir mein bester Freund Jayden, er hätte dich unlängst im Starbucks nur mit Mühe von einer Kussattacke abhalten können, womit er die Vorhaltungen der beiden anderen indirekt bestätigte. Ich habe mich natürlich sofort bei Mason und Olivia für mein fehlendes Vertrauen in sie entschuldigt.

Samantha, was soll das? Was ist los mit dir? Dass du optisch beinahe einer Hure gleichst, mit deinem Busen, deinen Piercings und Tattoos, habe ich kommentarlos hingenommen und ehrlich gesagt oftmals sogar genossen. Doch dass du dich nun auch noch wie eine Hure benimmst und selbst meine besten Freunde und Freundinnen – ich wiederhole: und Freundinnen! – ins Bett zu kriegen versuchst, ist einfach unerhört.

Samantha, bevor ich dich in der Sache nicht eingehend gehört habe, möchte ich den Scheidungsanwalt noch außen vor lassen. Dafür liebe ich dich viel zu sehr. Doch wie konntest du mir das antun? Genüge ich dir nicht mehr? Brauchst du Sex Sex Sex, und zwar mit jedem, der nicht bei drei auf den Bäumen ist?«

Er hatte noch nicht ganz zu Ende gesprochen, da brach alles aus mir heraus. Die Tränen kamen mit einer solchen Wucht, dass ich absolut nichts dagegen tun konnte. Hemmungslos heulte ich los, krümmte meinen sich schüttelnden Körper, verbarg mein Gesicht hinter meinen Händen; meine fortwährende Scham, mein Geheimnis, seine Entdeckung, all das riss mich in einer großen Welle fort.

Einfühlsam setzte er sich neben mich, legte eine Hand auf meinen Rücken und schwieg.

Nachdem ich mich wieder etwas beruhigt hatte, erzählte ich ihm die gesamte Story, alles und von Anfang an, von seinem Unfall, von meiner Panik und Verzweiflung und der seiner Eltern, von meinem Besuch bei Dr. Frank Lezard, der mit ihm getroffenen teuflischen Vereinbarung, dem sexuellen Missbrauch an mir, den Operationen, Piercings, Tattoos, Brandings und meiner Sexsucht seitdem.

Während meines ständig von Weinanfällen unterbrochenen und mehr als eine Stunde andauernden Geständnisses saß er ruhig und schweigsam neben mir. Kaum war ich zu Ende gekommen, sprang er auf und lief wie ein Tiger wütend im Raum auf und ab.

»Das Schwein bringe ich um! Und seine Frau gleich mit dazu! Zunächst mit einem Hattori Hanzo-Schwert, dann einem Maschinengewehr. Aus ihren Leichen mache ich Hackfleisch und löse sie in Säure auf. Die Brühe gieße ich ins Klo. Und danach sprenge ich sein Institut die Luft. Mache alles dem Erdboden gleich. Kein Stein soll auf dem anderen stehen bleiben! Die beiden sind ja der leibhaftige Teufel!«

Es dauerte eine ganze Weile, bis er sich wieder etwas beruhigt hatte und sachlichere Überlegungen zuließ.

»Verdammt! Ich kann ihn gar nicht umbringen. Der Kerl hat mir das Leben gerettet. Ohne seine Operation gäbe es mich längst nicht mehr. Und wenn doch, dann nur als Invalide. Nein, so jemanden darf man eigentlich nicht umbringen, oder doch?«

Fragend schaute er mich an.

»Michael, nachdem was er mir angetan hat, dürfte ich ihn vielleicht umbringen, und habe es mir auch schon oft gewünscht, doch dann erinnerte ich mich stets des Schwures, den ich mit fester Hand und Stimme auf die Bibel sprach. Rache mag zwar süß sein, in unserem Falle jedoch kaum sinnvoll. Wir würden uns nur selbst weiter schaden. Es muss eine andere Lösung geben. Beim Psychotherapeuten war ich bereits, sogar fast zwei Jahre lang, es hat ebenfalls nichts genützt. Momentan ist deine dich sehr liebende kleine Frau leider sexsüchtig, daran führt kein Weg vorbei. Sollte ich dir zu viel Schande bereiten, dann sag es bitte gleich. Ich könnte es gut verstehen. Vielleicht ziehe ich dann wieder zu meiner Mutter nach Boston. Geldsorgen müsste ich mir bei meiner momentanen Verfassung wohl kaum jemals machen.« Ich musste bei meinen letzten Worten selbst schmunzeln.

Nachdenklich sah er mich an.

»Vermutlich hast du recht. Es lohnt sich nicht gegen etwas anzukämpfen, das man nicht besiegen kann. Wir würden nur beide selbst darunter leiden.«

Unruhig ging er im Zimmer umher.

»Vergiss die Scheidung. Genauso wenig, wie ich ihn umbringen darf, dürfte ich mich von dir scheiden lassen. Du hast mein Leben gerettet. Und um das möglich zu machen, hast du deinen Körper in die Waagschale geworfen. Dein Anteil an meiner Rettung war im Grunde noch viel größer als seiner, das ist mir erst jetzt klar geworden. Ich habe die ganzen Zusammenhänge doch bislang überhaupt nicht gewusst, ja wie denn auch? In meiner Vorstellung hattest du dir den größeren Busen und den ganzen anderen Klimbim nur machen lassen, um mich nach meinem schweren Unfall und während der langen Genesungszeit stimmungsmäßig ein wenig anzuregen, was dir übrigens ganz hervorragend gelungen ist, wenn ich das einmal so sagen darf.«

Er grinste über das ganze Gesicht, als er meinen Körper von oben bis unten betrachtete und taxierte.

»Samantha, du hast etwas getan, was von ungeheurem Edelmut ist. Mir fehlen die Worte. Ich weiß nicht einmal, ob ich umgekehrt zu einer solch selbstlosen Tat in der Lage gewesen wäre. Mein Gott, wie groß muss deine Liebe sein?«

Mit ausgebreiteten Armen kam er auf mich zu und drückte mich fest an sich. Leidenschaftlich küssten wir uns. Tränen der Freude und des Glücks kullerten meine Wangen hinunter.

»Ich denke, wir sollten uns den Realitäten stellen. Das, was war, lässt sich nicht mehr ändern. Deine Peiniger haben aus einem braven und vielleicht manchmal auch etwas biederen Mädchen eine läufige Hündin, Schlampe, Hure und immergeile Fotze gemacht. Sie konnten dies nur tun, weil ihr Opfer zugleich Mutter Teresa war. Nun gut, ich wäre nicht der erste angesehene Mann, der mit Pretty Woman verheiratet ist. Samantha, was sollen wir tun? Hast du eine Idee?« Liebevoll sah er mich an. Jeder Ärger über seine ach so untreue Ehefrau schien verflogen zu sein.

»Michael, ich weiß es ja auch nicht. Ich habe immer wieder gegen meine Triebe anzukämpfen versucht, mich stundenlang mit Vibratoren traktiert und alles Mögliche sonst probiert: Es nützte nichts. Ich brauche es mehrere Male, und zwar jeden verdammten Tag.«

»Hm. So etwas Ähnliches hatte ich mir fast schon gedacht.« Meine Antwort schien ihn kein bisschen schockiert zu haben.

»Was hältst du denn eigentlich davon?« Ich sah ihm an, dass er sich im Grunde längst entschieden hatte. »Mason, Olivia und Jayden sagten neulich noch etwas anderes, was zwar auf der einen Seite sehr ehrlich war, mich aber im ersten Augenblick mindestens genauso ärgerte wie deine sexuellen Avancen ihnen gegenüber: Es wäre ihnen schwergefallen, dir zu widerstehen. Wenn sie ihren Wünschen und Gelüsten nachgegeben hätten, hätte es auf der Stelle wilden Sex mit dir gegeben. Du, die Drei sind meine langjährigen Freunde und seit einigen Jahren auch deine. Auf sie kann man sich blindlings verlassen. Sollen wir es nicht einmal mit ihnen versuchen? Es wäre ein Anfang.«

Irritiert schüttelte ich den Kopf. »Wie meinst du das. Und welcher Anfang?«

Er grinste über das ganze Gesicht.

»Ganz einfach. Sonntags ruht der Herr, er gehört folglich auch in Zukunft ganz allein mir. Für die anderen Tage bräuchten wir jedoch potente Sekundanten, die an meine Stelle treten, wenn ich beruflich zu sehr eingespannt bin. Mason, Olivia und Jayden wären bereits drei, fehlten somit nur noch drei weitere Personen, vielleicht ebenfalls zwei Männer und eine Frau. Die könnten, sofern sie wollten, mit dir am Vormittag und Nachmittag Liebe machen. Der Abend gehörte wieder allein mir. Vielleicht sollten wir die Sache etwas ausgeglichener gestalten, damit jeder etwas davon hat. Zum Beispiel, indem ich bei den Frauen jederzeit dazu kommen dürfte.«

Ich lachte laut auf.

»Ah, jetzt weiß ich, wie der Hase läuft. Du bist nur scharf auf Olivia. Das dachte ich mir übrigens schon länger.«

Er schüttelte amüsiert den Kopf. »Nicht so, wie du denkst. Ich interessierte mich während meiner Studienzeit mal eine Zeit lang für sie, doch dann verriet sie mir, dass sie eine Lesbe ist. Ich hab's akzeptiert und wir sind Freunde geblieben. Glaub mir, wenn, dann will sie ausschließlich etwas von dir. Was mich aber nicht daran hindern sollte, bei der Gelegenheit einmal in ihre Muschi reinzurutschen. Was ist denn schon dabei? Die Pussys von Lesben fühlen sich genauso geil an wie die von Hetero-Frauen. Für mich ist da kein Unterschied.«

»Was du alles weißt«, lachte ich. »Aber sag mal, können wir es nicht jetzt sofort wieder einmal treiben. Ich bin von der ganzen Erzählerei dermaßen heiß geworden, dass ich schon ganz feucht zwischen den Beinen bin. Hm?«

In den nächsten zwei Stunden liebten wir uns. Wir lachten und erzählten viel. Am Ende hatten wir uns auf eine Lösung geeinigt. Ich bekam meine wöchentlichen vier Männer und zwei Frauen. Allerdings sollten die Frauen ihn ebenso akzeptieren, was Olivia zu meiner Verwunderung ohne zu zögern tat. Sie behauptete zwar weiterhin, sich nichts aus Männern zu machen und ausschließlich auf Frauen zu stehen, ließ aber wie selbstverständlich zu, dass Michael sich jede Woche ein paar Mal in ihrer Muschi ergoss.

Mindestens einmal im Monat nahm ich mir dennoch einen ganzen Tag Auszeit, angeblich um gründlich Shoppen zu gehen, wie ich behauptete. In Wirklichkeit fuhr ich zu Otis, der mich stundenlang liebte, bevor er mich nackt in ein freies Zimmer seines Bordells schob, wo ich seinen Kunden ein weiterhin beliebtes Vergnügen war. Meist waren es wieder sehr junge Freier, deren besorgten und bemühten Eltern ich mich irgendwie gegenüber verpflichtet fühlte, ihre männlichen und mitunter auch weiblichen Sprösslinge einmal ganz ungezwungen an einer unersättlichen weißen Fotze üben zu lassen. Ein Boy lud in der Zwischenzeit meinen Wagen mit den von mir bestellten Waren auf, sodass ich nicht selbst einkaufen gehen musste oder mich sonst wie verdächtig machte. Er war stets der Letzte, den ich an dem Tag auf mich ließ.

Das Lezard Intim-Piercing breitete sich derweil wie ein Virus über den gesamten Globus aus. Wie die New York Post zu berichten wusste, ließen es sich immer mehr Hollywoodschauspielerinnen auf eigenen Wunsch oder dem ihres Liebhabers implantieren. In den Bordellen weltweit und den Harems der Scheichs setzte es sich schließlich so sehr durch, wie die Verwendung von Seife, Lippenstift und Parfum. Und auch in den Saunen und an FKK-Stränden bekannten sich zunehmend mehr Frauen zu ihrer glatt rasierten Scham und ihrem als

Blickfang fungierenden, zwischen den Beinen hervorlugenden Lezard-Piercing. Es galt längst als schick.

Und wenn sie nicht gestorben sind …

# Alles für die Wissenschaft

Ich hatte schon einiges von ihr und über sie gelesen und auch manches Foto betrachtet, doch als ich sie das erste Mal auf einer Tagung an das Rednerpult schweben sah, so weiblich anmutig, klug und wunderschön, da verliebte ich mich auf der Stelle in sie.

In meiner Fachdisziplin galt sie als Autorität, als eine von vielleicht fünf führenden Wissenschaftlern gleich welchen Geschlechts, die die aktuelle Forschung weltweit dominierten. Allein schon deshalb war mein Blick ehrfurchtsvoll auf sie gerichtet, als sie ihre neuesten Resultate präsentierte.

Allerdings gab es für mich noch weit gewichtigere Gründe, wie gebannt nach vorne zu schauen, denn sie sah in ihrem ein wenig zu kurz geratenen Rock, ihren freakigen Stiefeletten und einer Körpergröße von vielleicht lediglich 165 cm geradezu hinreißend, um nicht zu sagen, zum Anbeißen aus. Hinter ihrer leichten Bluse schien sich eine eher kleinere Körbchengröße, die keines BHs bedurfte, zu verbergen, denn ihre Nippel zeichneten sich deutlich unter dem dünnen Stoff ab. Ich liebte zartere weibliche Brüste. Und vielleicht war meine Angebetete auch gerade deshalb trotz ihrer 35 Jahre eine ausgesprochen mädchenhafte Erscheinung geblieben.

Im Laufe ihres Vortrags fiel es mir zunehmend schwer, ihren Ausführungen zu folgen, denn gedanklich hing ich längst an ihren Lippen, ihren vorwitzigen Nippeln und den Nylons, die sich zwischen ihren Schenkeln rieben. Genau dort wollte ich jetzt am liebsten sein. Ich stellte mir vor, wie ich sie in ihrem Hotelzimmer auf ihr Bett drückte, mich neben sie legte und sie küsste. Langsam ließ ich eine Hand zwischen ihren Schenkeln aufwärts wandern, bis sie den oberen Rand ihrer Nylons erreichte. Zentimeter für Zentimeter ging es über ihr zartes Fleisch weiter. Schließlich ertastete ich ihren Slip, hob ihn geschickt an, bewegte mich weiter bis an ihre längst klatschnasse Möse, tauchte in sie ein und begann sie intensiv zu fingern.

Höhepunkt auf Höhepunkt erlebte sie, während sich unsere Lippen berührten und wir uns tief in die Augen schauten.

Mir kam es fast so vor, als sei ihr meine zunehmende Unaufmerksamkeit aufgefallen, denn sie sah recht häufig zu mir herüber. Mitunter schien sie gar verstohlen zu lächeln.

Als die Veranstaltung gegen 22 Uhr zu Ende war, nahm ich mir ein Herz und sprach sie an. Sie stand zu diesem Zeitpunkt an ihrem Tagungsplatz und war gerade dabei, ihre elektronischen Geräte und weiteres Zubehör in ihre Reisetasche zu verstauen. Als Gesprächsvorwand wählte ich eine komplizierte Herleitung in einer ihrer bekanntesten Arbeiten, die ich trotz mehrfachen Lesens nicht einmal ansatzweise verstanden hatte. Und so fragte ich sie, ob sie mir vielleicht über die entscheidende Hürde, die ich bislang allein nicht zu nehmen wusste, hinweghelfen könnte. Ich hatte mein Anliegen noch nicht ganz zu Ende formuliert, da reichte sie mir bereits die Hand und bot mir das ›Du‹ an.

»Katrin, und du?« Ihr Lächeln war absolut hinreißend, zumal sie dabei zu mir hinaufschauen musste. Erst jetzt wurde mir bewusst, wie klein sie gegenüber meinen 192 cm tatsächlich war.

»Leon.« Mehr brachte ich in meiner ersten Verblüffung nicht hervor. Ihr roter Mund hatte es mir angetan. Am liebsten hätte ich mich zu ihr hinunter gebeugt und sie auf der Stelle geküsst.

»Nun Leon, in welchem Semester bist du denn? Du machst noch einen recht jungen Eindruck, deswegen frage ich.«

»Oh ja, Entschuldigung, ich bin 21 und im vierten Semester. Vielleicht gehört sich meine Frage auch nicht gegenüber einer so bedeutenden Forscherin wie dir. Wenn du der Ansicht bist, ich sollte mein Studium erst einmal zu Ende bringen, bevor ich ein solches Anliegen an jemanden wie dich richte, könnte ich das verstehen.«

»Ich aber nicht«, kam es ironisch lächelnd zurück. »Nein Leon, das wäre ein ausgesprochen törichtes Argument. Aber es könnte natürlich sein, dass dir aktuell noch einige Grundlagen fehlen, um meine Antwort überhaupt zu verstehen. Ich mache dir einen Vorschlag. Meine Tasche mit den technischen Geräten ist mir immer sehr schwer. Vielleicht kannst du sie mir abnehmen, während wir uns gemeinsam in Richtung meines Hotels aufmachen. Es ist ganz leicht zu Fuß zu erreichen. Und auf dem Weg dorthin versuche ich herauszufinden, was du schon weißt und was nicht, und was ich dir je nachdem noch erklären müsste. Wäre das eine Idee?«

»Das ist eine großartige Idee«, gab ich ihr mit innerlich stolz geschwellter Brust zurück. Ihr Lächeln, ihr Mund und ihre Augen hatten mich restlos verzaubert. Intelligenz und Klugheit bei Frauen waren für mich schon immer das allerstärkste Aphrodisiakum gewesen.

Auf dem Weg zum Hotel konnten wir nicht alle Aspekte meiner Frage klären. Kaum in ihrem Zimmer angekommen, bat sie mich, an ihrem kleinen Arbeitstisch Platz zu nehmen, um die verbliebenen offenen Punkte zu Ende zu diskutieren. Allerdings, so beschied sie mir, müsste sie zunächst noch ein kurzes Telefongespräch mit ihrem Ehemann führen, wie sie es jeden Abend um die gleiche Uhrzeit tat.

Locker und entspannt warf sie sich aufs Bett und drückte eine mit seiner Rufnummer vorbesetzte Handytaste. Was ich in den folgenden Minuten zu hören bekam, verschlug mir fast den Atem, obwohl sie selbst völlig entspannt blieb. Und was ich zu sehen bekam, irritierte und erregte mich noch viel mehr, denn zwischen ihren leicht gespreizten Beinen präsentierte sie mir in geradezu aufreizender Offenheit ihre rasierte Pflaume, über der sich kein schützendes Höschen befand.

Fasziniert lauschte ich ihrer engelsgleichen Stimme, mit der sie ihre Worte ins Telefon säuselte, und sei es nur, um ihren Ehemann milder zu stimmen.

»Nein Schatz, ich habe dich nicht betrogen. Weder gestern Abend noch heute. Du kannst mir vertrauen.«

Seine Entgegnung fiel ganz offenkundig scharf und streng aus. Sie blieb unverändert sanft und liebevoll.

»Nein Liebling, dir wurde auch sonst kein Höhepunkt gestohlen. Ich habe mich die ganze Zeit nicht ein einziges Mal selbst angefasst. Auch mit dem Duschkopf nicht. Und meine Vibratoren sind noch alle dort, wo du sie immer aufbewahrst. Bestimmt hast du schon längst nachgeschaut, oder?«

Bis in die äußerste Ecke ihres Zimmers konnte ich ihn laut auflachen hören, dann war ein knallendes Geräusch zu vernehmen. Mit einem leicht besorgten Blick sah sie zu mir herüber.

»Vertrau mir Liebling, du musst nicht gleich wieder die Peitsche herausholen. Ehrlich nicht. Aber meinst du nicht, ich hätte diesmal eine kleine Belohnung verdient, weil ich die ganze Zeit so ungemein lieb und brav war? Du weißt schon, was ich meine.«

Wieder hörte ich ihn laut auflachen. Es schloss sich ein Schwall an strengen Worten an, die vom Spott getragen zu sein schienen.

»Schatz, es wäre ja kein gestohlener Höhepunkt. Ich würde es mir direkt hier am Telefon machen, die eine Hand am Hörer, die andere an meiner Muschi, und du bekämst alles in voller Lautstärke mit. Biiiiiitte. Ich weiß ohne dich schon fast nicht mehr wohin mit meiner Lust. Mach es mir doch nicht noch schwerer, als es ohnehin schon ist. Ja?«

Bei ihren letzten Worten, die sie regelrecht in den Hörer hauchte, formte sie ihre Lippen zu einem solch wundervollen »O«, dass ich kurz davor war, mich auf sie zu stürzen und sie hemmungslos zu küssen. Andächtig und sanft lächelnd folgte sie seinen Worten.

»Du bist einverstanden? Ja? Danke Schatz! Okay Liebling, dann ziehe ich mich ganz schnell aus und rufe dich in wenigen Minuten startklar an. Bis gleich. Küsschen!«

Kaum hatte sie aufgelegt, begann sie sich in aufreizender Weise und im Stile einer professionellen Striptease-Tänzerin ihrer restlichen Kleidungsstücke zu entledigen. Es schien ihr die allergrößte Freude zu bereiten, sich schamlos vor mir auszuziehen. Nachdem schließlich auch noch ihr Rock und ihre Strümpfe gefallen waren, kam sie völlig unbekleidet auf mich zu, setzte sich auf meine Oberschenkel und schlang ihre Arme um meinen Nacken.

»Leon, ich hätte eine Aufgabe für dich, und deren Erledigung wäre Vorbedingung für die weitere Beantwortung deiner wissenschaftlichen Frage. Ich bin mir aber ziemlich sicher, dass du sie zu meiner vollsten Zufriedenheit lösen wirst, so wie du mich vorhin während meines Vortrags angeschaut hast.«

»Habe ich das?«, fragte ich mit vorgeblicher Verwunderung.

Provokant tupfte sie mit dem Zeigefinger auf meine Nasenspitze. »Na klar hast du das. Meinst du, eine Frau merkt das nicht? Aber egal, im Grunde ist die Sache ganz einfach. Ich habe meinem Mann vorhin versprochen, es mir am Telefon selbst zu machen und laut vor ihm zu kommen. Doch ich möchte, dass du es für mich tust. Du setzt dich neben mich aufs Bett, und während ich mit ihm telefoniere, fingerst und leckst du mich zum Höhepunkt. Lass dir ruhig Zeit dabei, ich habe es nämlich sehr gerne, wenn ich ganz langsam, dafür aber umso intensiver zum Höhepunkt gebracht werde. Du müsstest dich allerdings die ganze Zeit absolut ruhig verhalten. Husten geht gar nicht und Sprechen sowieso nicht, sonst merkt es mein Mann. Aber ansonsten kannst du mich überall anfassen, auch gerne fester, wenn du möchtest. Und du darfst an meinen Knospen spielen, auf die du schon den ganzen Abend wie gebannt schaust. Tu es so, wie du es am liebsten magst.«

Sie gab mir einen süßlichen Kuss auf den Mund. »Bist du damit einverstanden?«

Leidenschaftlich erwiderte ich ihren Kuss. »Katrin, natürlich bin ich damit einverstanden. Aber vielleicht kannst du mir zwischendurch hin und wieder in den Oberarm kneifen, nur um sicherzugehen, dass ich nicht träume.«

Sie lächelte zuckersüß und küsste mich auf den Mund. »Okay, dann lass uns anfangen. Und sei bitte gut zu deiner Lady, die sich nun ganz in deine Hände begibt.«

Freudig erregt warf sie sich aufs Bett und spreizte die Beine. Während ich mich mit mehreren Fingern und meiner Zunge an ihrer klatschnassen Spalte zu schaffen machte, ließ sie ihren Nacken entspannt auf das Kopfkissen sinken und wählte die Rufnummer ihres Ehemanns.

○●○●○

Als sie laut stöhnend gekommen und schließlich restlos befriedigt war, klappte sie ihr Handy erschöpft zu, zog ihre Beine an und rollte sich seitlich wie ein kleines Kind zusammen. Einen Arm legte sie schützend über ihre Brüste, die andere Hand in ihren Schritt.

»Puh, bin ich jetzt vielleicht müde und kaputt. Leon komm bitte etwas näher zu mir heran.«

Sie machte den Eindruck, als habe sie nicht einmal mehr die Kraft, sich selbstständig aufzurichten. Als ich ausreichend dicht bei ihr war, schlang sie ihre Arme um meinen Nacken und zog mich ganz zu sich heran.

»Alle Achtung, Leon, du verstehst es wirklich, eine Lady glücklich zu machen. Doch bitte lass mich jetzt schlafen. Können wir deine Fragen auch per Email erörtern? Du siehst, wie schläfrig ich bereits bin.«

»Ja gerne. Allerdings möchte ich zunächst noch meinen Spaß haben.«

»Nun sei nicht albern, Leon.« Fragend schaute sie mich an. »Und wie meinst du das überhaupt?«

»Ganz einfach, Katrin, ich möchte dich vor dem Schlafen noch ficken.«

Empört richtete sie sich auf und stemmte die Fäuste in die Hüften, wobei sie mir schamlos ihre süßen Tittchen präsentierte. Ich konnte nicht anders, als an ihre vorwitzigen und noch immer steil aufgerichteten Nippel zu fassen und sie zu zwirbeln. Die Enge meiner Hose machte sich derweil unangenehm bemerkbar. Es fehlte nicht viel, und mein bereits leicht schmerzender Schwanz hätte sich mit aller Gewalt durch den Reißverschluss meiner Jeans gezwängt.

»Leon, du glaubst doch nicht ernsthaft, ein Student in den ersten Semestern könnte eine so bedeutende Forscherin wie mich mal eben so ficken?«

Eine Spur von Ironie huschte über ihre reizenden Lippen.

»Natürlich glaube ich das Katrin. Jede andere Annahme wäre im Grunde töricht.«

Nun lächelte sie über das ganze Gesicht. »Ich sehe schon: Du lernst rasch und gibst dich nicht schnell geschlagen. Das imponiert mir. Doch was würdest du tun, wenn ich jetzt ganz laut um Hilfe schreie?«

Für einen Moment musste ich laut lachen.

»Weswegen denn, Katrin? Wegen einer angeblichen Vergewaltigung? Mal im Ernst: Wie wolltest du deine aktuelle missliche Lage denn deinem besorgten Ehemann erklären. Und wie konnte ich als Nicht-Hotelgast in dein Zimmer gelangen? Und wenn wir schon dabei sind: Woher sollte ich wissen, dass du auf der Innenseite des linken Oberschenkels direkt unterhalb deiner Muschi ein kleines Muttermal trägst? Vielleicht sollte ich bei Gelegenheit einmal ein Gespräch mit deinem Ehemann führen – so von Mann zu Mann –, und ihm in aller Ruhe erzählen, wie euer heutiger Telefonsex in Wirklichkeit gelaufen ist. Das dürfte ihn garantiert interessieren und seine Peitsche vermutlich auch. Und was ist, wenn ich die Sache auch ohne dein ausdrückliches Einverständnis durchziehe? Willst du dich etwa wehren? Womit denn? Mit deinen dünnen Forscherinnenärmchen, denen angeblich schon eine ganz normale Notebooktasche zu schwer ist? Ach, vergiss es einfach. Im Übrigen ist es längst beschlossene Sache. Nach der Nummer von vorhin kann es auch gar nichts anderes mehr geben!«

Sie schaute mich für einen Moment nachdenklich und mit weit aufgerissenen Augen an. Ich nutzte die Gunst der Stunde und entledigte mich in Windeseile meiner Kleidung. Mein nun endlich von allen stofflichen Zwängen befreiter großer Schwanz zeigte sich jubilierend von seiner besten Seite und stand sofort wie eine Eins. Pulsierend schlug die Eichel mehrfach gegen meinen Bauch. Bewundernd formte sie ihre Lippen zu einem perfekten ›O‹, und es entwich ihr ein leichtes, aufgeregtes Stöhnen.

»Okay Leon, wie ich sehe, hast du ein paar sehr starke Argumente auf deiner Seite. Dennoch bin ich noch immer ganz erschöpft und müde und muss unbedingt schlafen. Ich denke, du wirst damit umzugehen wissen.«

Mit diesen Worten sank sie allmählich zurück ins Bett. Sachte legte sie den Nacken auf ihr Kopfkissen ab.

»Na warte, du kleine Forscherinnen-Schlampe, dir werde ich es zeigen. Schlafen ist jetzt nicht«, waren meine Gedanken, während ich ihr die Beine spreizte und meinen Schwanz tief in den Unterleib rammte. Ihre unmittelbare Reaktion darauf war jedoch eine ganz andere, als ich erwartet hatte. Statt tief beeindruckt von der Stärke meines durchschlagkräftigen Kolbens zu sein und laut aufzustöhnen und mich ehrfurchtsvoll anzuschauen, schloss sie die Augen. Zugleich schien ihr Körper jegliche Muskelspannung zu verlieren. Ich konnte ihre Beine spreizen, ihre Arme verlegen oder ihren Kopf heben und senken, es war keinerlei Gegenwehr zu spüren. Sie ließ alles völlig widerstandslos mit sich geschehen. Im Grunde hatte ich es mit einer beliebig manipulierbaren Barbiepuppe zu tun. Einzig ihre Augen bewegten sich hinter ihren geschlossenen Lidern schnell hin und her. Offenbar hatte sie sich in Sekundenbruchteilen mittels irgendeines gemeinen Zaubertricks in einen meditativen Zustand versetzt, und zwar just in dem Moment, als ich sie penetrierte.

Im ersten Augenblick war ich verärgert, denn damit hatte sie sich mir schließlich doch noch entzogen. Dann jedoch entsann ich mich wieder ihrer Worte. Sie sprach von starken

Argumenten – und ja, das allerstärkste befand sich gerade tief in ihr – und dass ich mit der Situation schon umzugehen wisse. Ich beschloss, sie beim Wort zu nehmen und mich in der von mir ach so sehr verehrten und begehrten Forscherin restlos auszuvögeln. Auch sagte ich mir, dass wenn ich sie nur lange genug fickte, sie früher oder später doch wieder aus ihrer meditativen Entrückung aufwachte, sodass wir im Anschluss noch eine ganze Weile gemeinsam poppen könnten.

Ein wundervolles Gefühl der Macht durchströmte mich. Ich war mir fast sicher, dass ich diesen Augenblick einmal zu den Höhepunkten meines Lebens zählen würde. Vor meinem geistigen Auge sah ich mich bereits im gehobenen Alter meinen Enkelkindern voller Stolz von meiner Nacht mit Katrin erzählen. Auch nahm ich mir vor, sie ins Zentrum meiner Memoiren zu stellen, die ich irgendwann einmal auf der Amazon Kindle-Plattform herausgeben würde. Noch immer an der Wirklichkeit des Erlebten zweifelnd zwickte ich mir ungläubig in den Arm. Unter mir lag die Frau, die ich auch als Wissenschaftlerin verehrte, und sie war mir vollständig ausgeliefert. Ich konnte mit ihr tun und lassen, was ich wollte. Ihre einzige Funktion bestand darin, sich für mich zu öffnen und von mir gefickt und angefasst zu werden. Ihre Weichheit und Spannungslosigkeit regte mich dazu an, ihren Körper besonders fest abzugreifen. Sollte sie davon blaue Flecken davontragen, dann wäre das eine Sache zwischen ihr und ihrem Ehemann, sagte ich mir selbst. Ich wollte meinen Spaß haben, ohne auf irgendetwas Rücksicht nehmen zu müssen. Die Umstände waren günstig dafür.

Ihre Liebeshöhle war weich, feucht und warm. Sie passte um meinen Schwanz wie ein enger Handschuh auf die Hand. Es war ein wunderbares Gefühl, mich so ganz ungezwungen in ihr bewegen zu können. Ich beschleunigte meinen Rhythmus, stieß immer härter in sie hinein. Einige Male konnte ich spüren, wie meine Eichel ihren Muttermund berührte.

Auch ihr Atem beschleunigte sich im Laufe des Ficks. Gleichzeitig stellten sich ihre Nippel auf, die ich streichelte, zwirbelte, klammerte und quälte. Sie nahm alles unbeeindruckt hin. Ich bemühte mich, den Fick so sehr in die Länge zu ziehen, wie es mir irgendwie möglich war. »Verweile doch, du bist so schön!«, schoss es mir durch den Kopf. Doch schließlich war mein Höhepunkt nicht weiter hinauszuzögerbar. Schon bald spürte das intensive Beben, bevor ich endgültig explodierte und mein Sperma in schweren Schüben aus mir schoss. Tief in ihrem Inneren prallte es gegen den äußeren Muttermund, um sich von dort in ihre Gebärmutter aufzumachen oder in die Vagina zurückzufließen. Ein Teil meiner Säfte war nun in ihr. Ich war in ihr.

Die ganze Situation erregte mich so sehr, dass ich ohne Unterbrechung weiter machen konnte. Die Steife meines Schwanzes ließ keinen einzigen Augenblick nach.

Als ich gerade dabei war, das dritte Mal mit voller Wucht in ihr abzuspritzen, erwachte sie unvermittelt aus ihrer Trance. Mit großen verwunderten Augen starrte sie mich an, lächelte aber zu meiner Beruhigung schon bald und gab mir einen süßlichen Kuss auf den Mund.

»Ich hoffe, du hattest ausreichend viel Spaß in mir Leon. Wenn ich dich so ansehe, dann würde ich denken ja. Doch jetzt muss ich dich leider sehr darum bitten, mich kurz aufstehen zu lassen, denn ich möchte unbedingt etwas zu Papier bringen, das ich gerade während unseres Zusammenseins geträumt habe. Bist du so lieb und lässt mich los?«

Wer hätte einer solch süßen Frau diesen Wunsch ernsthaft abschlagen können?

Blitzschnell erhob sie sich, klemmte sich ein Handtuch in den Schritt und hockte sich dann für eine geschlagene Stunde an ihren Arbeitstisch, um eine Seite nach der anderen zu füllen, wobei fast alle Zeilen aus mathematischen Symbolen und sonstigen für mich unverständlichen Hieroglyphen bestanden. Sie wirkte beinahe wie in einem Rausch.

Als sie fertig war, kam sie – so wie sie war – auf mich zu und küsste mich.

»Das war wunderbar. Danke, ich glaube du hast mich vorhin sehr viel weitergebracht.« Ich hatte keine Ahnung, wovon sie sprach.

Urplötzlich kam sie auf mein eigentliches Anliegen zurück.

»Doch nun zu deinem Problem. Mein Mann kann selbst beim Ficken über physikalische Themen diskutieren, meinst du, du könntest das auch?«

»Bei dir ganz gewiss«, gab ich mich betont männlich selbstbewusst.

Freudig und entspannt warf sie sich aufs Bett.

»Prima, so macht es mir nämlich auch am allermeisten Spaß. Komm Leon, nimm mich wieder so wie vorhin, als ich bereits ein wenig geschlafen habe, doch diesmal besprechen wir deine Frage dabei, okay? Vielleicht gelingt es dir zugleich, meinem Mann den einen oder anderen Höhepunkt zu rauben. Ich weiß, dass ihr ungezogenen Männer das am Allerliebsten tut.« Keck schaute sie zu mir auf.

»Was? Anderen Ehemännern die Höhepunkte ihrer Frauen zu rauben?«

Einmal mehr mimte ich den Ahnungslosen.

»Nun tu nicht so unschuldig, Leon. Du weißt genau, dass es so ist. Stimmt's?«

Zärtlich küsste ich sie auf den Mund, während sich mein längst wieder zu voller Größe erstarktes Glied tief in ihren Unterleib bohrte. Ein wohliges »Ooooh« entwich ihren Lippen.

»Stimmt, aber nur bei den wirklich ungezogenen Ehefrauen. Und weißt du auch warum?«

Interessiert sah sie mir tief in die Augen. »Nein?«

»Nun, dem Ehemann einer braven Frau kannst du mit Glück vielleicht mal gerade einen Höhepunkt rauben, dem Ehemann einer Physikschlampe wie dir hingegen mit Leichtigkeit ein ganzes Dutzend in einer Nacht!«

Sanft schlang sie ihre Arme um meinen Nacken. Ihre zärtliche Geste wirkte wie die ausdrückliche Einwilligung, mir von ihr an diesem Abend alles holen zu dürfen: ein ganzes Dutzend und noch mehr.

Knapp zwölf Monate später erhielt ich von ihr ein Schreiben, in dem sich ein von ihr signierter Vorabdruck einer neuen Veröffentlichung befand, für den sie ein Jahrzehnt darauf sogar den Nobelpreis erhalten sollte. Auf dem Rand hatte sie handschriftlich angemerkt:

»Lieber Leon, vielen Dank für deine damalige geistige Befruchtung, ohne die diese wichtige Arbeit nicht zustande gekommen wäre. Im Grunde war es reines Teamwork. Wenn es fair zugehen würde, müsstest du gleichwertig neben mir als Autor angeführt werden. Aber du weißt ja, wie es ist in dieser Welt ... Liebe Grüße, Deine Katrin.«

# Die Englischlehrerin

Auf Leoni, ihre 18-jährige Lieblingsnachhilfeschülerin freute sich Sandra stets ganz besonders. Sie mochte das aufgeweckte, lebendige und sehr hübsche Mädchen. Außerdem war sie eine ausgesprochen fleißige und motivierte Schülerin. Nie musste sie nachfragen, ob sie eine ihr aufgetragene Hausaufgabe auch tatsächlich gemacht hatte: Sie hatte sie.

Hauptberuflich war Sandra Gymnasiallehrerin mit Hauptfach Englisch. Doch seit einigen Jahren nagte an ihr das Gefühl, mit ihren fast 40 Jahren noch nicht wirklich gelebt zu haben. Sie wusste nicht, ob es mehr an ihrer Kinderlosigkeit lag oder daran, dass ihre Beziehungen zu Männern kaum jemals befriedigend verliefen. Sie hatte sich deshalb vorgenommen, irgendwann einmal die ganze Welt zu bereisen und möglichst viele ferne Länder zu sehen. Sie hoffte, so ihrem Leben einen zusätzlichen Kick und auch Sinn zu verleihen. Leider fehlte ihr das Geld dafür. Aus diesem Grund bot sie seit einigen Jahren neben ihrer Schultätigkeit zusätzlich auch noch Nachhilfeunterricht in Englisch an.

Leoni war unter ihren Schülern und Schülerinnen insoweit die große Ausnahme, als es ihr überhaupt nicht um eine bessere Note in Englisch ging – das wäre auch gar nicht möglich gewesen, denn sie hatte im Zeugnis stets eine Eins –, sondern darum, die Sprache möglichst perfekt zu beherrschen.

In der vorangegangenen Unterrichtsstunde hatte Sandra ihr Somerset Maughams ›On Human Bondage‹ als Heimlektüre aufgegeben. Sie war gespannt, wie gut ihre Schülerin mit diesem recht anspruchsvollen Text klargekommen war. Bevor Leoni eintraf, zog sie sich noch schnell ein schwarzes knappes T-Shirt und einen Jeansrock über und legte dazu eine längere Kette mit schwarzen Glasperlen an. Ihre Haare hatte sie vor einiger Zeit zu einem frechen schwarzen Pagenkopf frisieren lassen, auch ihn brachte sie noch einmal in Form. Schon länger fiel ihr auf, dass sie sich für Leoni stets ganz besonders schön zurechtmachte.

Und tatsächlich, Sandra hatte sich wieder einmal nicht getäuscht: Ihre Lieblingsschülerin war wie immer bestens vorbereitet gewesen. Sie war darüber so sehr erfreut, dass sie ihr spontan einen flüchtigen Kuss auf die Wange gab. Leoni zuckte für den Bruchteil einer Sekunde zusammen, so als habe sie sich erschreckt, lächelte dann jedoch auf eine ganz besonders intensive und auch tiefgründige Weise. Ein kurzer Griff genügte ihr, um Sandras Perlenkette zu fassen und sie mehrfach zu winden, bis sie die Form eines gewundenen Seils angenommen hatte. Und damit zog sie Sandra näher und näher zu sich heran. Als Sandras Gesicht schließlich dicht genug bei ihr war, gab sie ihr in Windeseile einen innigen Kuss auf den Mund, der Sandra fast wie ein erschrecktes Tier zurückweichen ließ. Doch Leoni befand sich längst in der Offensive. Lässig ließ sie die Kette fallen und wandte sich Sandras Brüsten zu, die sie zärtlich streichelte, obwohl ihr deren wahre Anmut hinter dem festen BH ihrer Lehrerin zu dem Zeitpunkt noch verborgen blieb.

»Aber Leoni, was machst du da? Ich bin deine Nachhilfelehrerin!«, versuchte Sandra die übliche Distanz zwischen ihnen wieder herzustellen.

»Und ich jetzt deine«, kam es keck aus Leoni hervor.

»Wie meinst du das?« Sandra blickte sie zutiefst verunsichert an.

Schnell schob sich Leoni zu ihr heran, küsste sie auf den Mund und flüsterte ihr ins Ohr: »Ich habe Lust auf dich.«

Ohne zu überlegen stieß Sandra sie zurück und sah sie verwundert an.

»Leoni, du bist noch so jung. Ich könnte deine Mutter sein. Hast du denn schon einmal etwas mit einer Frau gehabt?« Auf ihrer Stirn zeigten sich tiefe Sorgenfalten.

»Ja, mit 14 wurde ich von einer Cousine verführt. Und mit einer gleichaltrigen Freundin habe ich auch schon rumgemacht. Und du?«

Die Mischung aus Unschuld und Verdorbenheit, die aus Leonis Sätzen sprach, irritierte und erregte Sandra zugleich. »Ich noch nie.«

»Irgendwann ist es immer das erste Mal«, kam es fast altklug aus dem Mund des Mädchens.

Bevor Sandra irgendetwas sagen konnte, hatte sich Leoni erneut an ihren Mund herangemacht, diesmal allerdings mit dem vollen Einsatz ihrer Zunge, die sich bis tief in den Schlund ihrer Gespielin vorwagte. Geschickt löste sie Sandras T-Shirt aus der Umklammerung ihres Rockbundes. Vom Rücken her schob sie ihre Hände unter das leichte Kleidungsstück, um sich sogleich an Sandras BH-Verschluss zu schaffen zu machen. Wenige Augenblicke später waren die Brüste freigelegt. Gierig liebkosten ihre Finger die steil aufgerichteten Knospen ihrer Lehrerin. Sandras Mund entwich ein leidenschaftliches Stöhnen. Sie war längst im siebten Himmel angekommen.

Ihre hierdurch bedingte Unaufmerksamkeit nutzte Leoni umgehend aus, um ihr das T-Shirt über den Kopf und den BH von der Brust zu ziehen. Mit einer eleganten Bewegung beugte sich langsam nach vorne und begann mit den Lippen an Sandras Nippeln zu saugen und zärtlich mit ihnen zu spielen. Fast unmerklich machte sie dabei Sandras Jeans-Rock-Reißverschluss auf.

»Steh bitte kurz auf, damit ich dir die restlichen Sachen ausziehen kann«, flüsterte sie ihr ins Ohr. Sandra gehorchte widerstandslos. Nun war sie ganz nackt, während Leoni noch immer vollständig angezogen war.

Von der Taille aus drückte Leonie sie gegen die Kante des Schreibtisches und brachte sie dort provisorisch zum Sitzen. Beherzt schob sie Sandras Schenkel so weit auseinander, dass es ihr ein Leichtes war, mit mehreren Fingern in die längst klatschnasse Spalte ihrer Nachhilfelehrerin einzudringen oder ihre Klitoris zu streicheln und zu zwicken und sie zugleich an den Brüsten zu liebkosen, was sie ausgiebig tat. Sandra hielt sich derweil mit beiden Händen an der Tischplatte fest, kippte ihren Kopf leicht in den Nacken und ließ ihrer Lust laut stöhnend freien Lauf. Es war ihr in diesem Augenblick völlig egal, dass es ihre Nachhilfeschülerin war, die sie gerade nach Strich und Faden vernaschte. Und sie tat es ohne Wenn und Aber. Mit ihren Fingern fickte sie sie hart und unnachgiebig. Ihre andere Hand lag auf ihrer Brust, deren Knospe sie zwirbelte und quälte.

Doch dies war noch längst nicht alles. Jedes Mal, wenn sich bei Sandra das Gefühl einstellte, unmittelbar vor dem Point of no Return zu stehen, zog Leoni ihre Finger schnell zurück, fasste mit beiden Händen in ihre Frisur und gab ihr einen leidenschaftlichen Kuss auf den Mund, bei dem sie ihre Zunge intensiv spielen ließ. Zu einem Höhepunkt kam Sandra kein einziges Mal.

»Komm, lass uns ins Bad gehen, ich möchte dir deine Muschi freilegen«, flüsterte ihr Leoni in ihrer unbekümmerten Art ins Ohr.

»Wie, du willst mir meinen hübschen Busch nehmen, den mein Freund so sehr liebt?«, versuchte Sandra zu protestieren. »Was soll er von mir denken?«

Leoni ließ ihren Einwand nicht gelten und blieb offensiv: »Das ist doch völlig egal, Sandra. Du wirst ohnehin bald nur noch mir gehören.«

Sandra sah sie erschrocken an, zugleich erregte sie aber auch die Bestimmtheit des jungen Mädchens.

»Nun komm endlich. Ich möchte dich gleich noch ganz langsam lecken. Und dabei will ich alles von dir bekommen und auch sehen«, ließ Leoni nicht locker.

Sie ging äußerst geschickt vor, und so war Sandras Intimbereich schon bald völlig glatt rasiert. Anschließend inspizierte sie noch deren Achseln und Beine und entfernte auch dort die letzten störenden Härchen.

»Super! Ich finde nämlich Frauen, die am ganzen Körper glatt sind, ganz besonders weiblich«, schwärmte sie ihr vor. »Man sieht gleich auf den ersten Blick, dass sie sich gerne unterwerfen.«

Nachdem Leoni noch ein letztes Mal mit der Hand prüfend über Sandras Körper gefahren war, nahm sie sie an der Hand und führte sie in ihr Schlafzimmer. Dort bat sie sie, sich mit dem Rücken auf ihr Bett zu legen und ihre Beine so weit zu spreizen, dass sie bequem dazwischen Platz nehmen konnte. Gleich darauf begann sie mit ihrem Liebesspiel. Während sie die Klitoris und Schamlippen ihrer Geliebten mit der Zunge bearbeitete, legte sie eine Hand unter deren Po, um ihn sich besser zurechtlegen zu können. Zwischenzeitlich tauchte sie immer wieder mit mehreren Fingern tief in Sandras Spalte ein, was diese zu einem besonders intensiven Stöhnen veranlasste. Leoni machte alles mit einer solchen Leidenschaft und auch verblüffenden Versiertheit, dass Sandra dreimal so heftig kam, wie sie es noch nie zuvor erlebt hatte.

Als es ihr schließlich genug erschien, erhob sich Leoni, zog ihr Höschen aus und setzte sich auf Sandras Mund.

»Komm, leck meinen Schlitz. Jetzt bin ich mal dran.«

Beim Sex ging Leoni ungewöhnlich stark aus sich heraus. Als sie schließlich kam, schrie sie so laut, dass es Sandra schon peinlich war. Insgeheim fragte sie sich, was ihre Nachbarn bloß denken werden, wenn sie Leoni nachher aus dem Haus gehen sehen. Sie war sich ziemlich sicher, dass Leonis Lustschreie auch in einigen anderen Wohnungen zu hören waren. Sie wagte es dennoch nicht, sie auf ihre Gefühle hin anzusprechen. Sie wollte gegenüber dem jungen Mädchen nicht als spießig gelten.

Kaum war Leoni gekommen, zog sie sich ebenfalls aus, und schmiegte sich fest an Sandra an.

»Möchtest du nicht auch noch von mir gestreichelt werden?«, fragte Sandra fast demutsvoll.

»Nein danke, momentan nicht. Wenn, dann sage ich es dir«, kam es von Leoni ziemlich deutlich und bestimmt zurück.

»Aha. Ich bin übrigens ein wenig überrascht darüber, dass du an deiner Scham noch ganz Natur bist. Ich hätte wetten können, dass jemand, der so jung ist, völlig blank rasiert ist.« Sandra wollte unbedingt mehr über ihre junge Geliebte erfahren.

»Ach, das ist mir zu viel Arbeit. Und es reicht ja, wenn du dich wegen mir rasierst«, hörte sie sie in einem leicht provokanten Tonfall sagen. »Probierst du wegen mir mal Heißwachs aus?«

»Hm, wenn du das möchtest?« Aus irgendeinem Grund lag ihr sehr viel daran, alle Wünsche ihrer jungen Geliebten möglichst vollständig und rasch zu erfüllen.

»Ja klar. Sieht geil aus. Sag mal, schläfst du oft mit deinem Freund?«

Sandra lachte kurz auf. Die plötzliche Frage ihrer kleinen Freundin hatte sie überrascht.

»Mensch, du bist aber neugierig! Aber gut. Sehr oft ist es eigentlich nicht, vielleicht maximal zwei- oder dreimal die Woche. Er ist noch verheiratet und hat zwei Söhne. Seit acht Jahren gehen sie jedoch getrennte Wege, tun aber wegen der Kinder noch immer so, als wären sie ein Paar. Wir sehen uns deshalb stets nur unter der Woche. Und über Nacht ist er noch nie geblieben, was mir aber ohnehin ganz recht ist.«

Leoni stützte sich auf einen Ellenbogen und blicke ihr tief in die Augen. »Bist du sicher, dass er ehrlich zu dir ist?«

»Wie meinst du das?«

Fast beiläufig legte Leoni eine Hand auf Sandras Vulva und begann sie erneut zu fingern.

»Meine ältere Schwester war zwei Jahre lang mit einem verheirateten Mann zusammen, der ihr die ewige Liebe schwor. Doch als sie von ihm verlangte, er solle sich endlich für sie entscheiden, hat er mit ihr Schluss gemacht. Das hat ihr fast das Herz gebrochen.«

Spielerisch umkreisten Leonis Finger Sandras Klitoris, deren Atem sich zunehmend intensivierte.

»Ich weiß, was du sagen willst, doch so ist es bei uns nicht. Einmal haben wir uns sogar zu viert zu einem Abendessen verabredet, sie mit ihrem Typen und er mit mir, um unser zukünftiges Zusammenleben zu besprechen. Dabei wurden ein paar gemeinsame Vereinbarungen getroffen, an die wir uns bis heute halten. Ja, da staunst du wohl, Leoni, Erwachsene können so sein. Man nennt das übrigens Verantwortung.«

Ein fester Schlag traf ihre linke Brust.

»Boah, ich glaub es ja nicht!« Nun war auch noch ihre rechte dran. »Willst du auf einmal hier die Lehrerin raushängen lassen, oder was? Dafür bist du doch aktuell überhaupt nicht in der Position. Beim nächsten Mal bekommst du meine Beißerchen an deinen Nippeln zu spüren. Und wenn das nicht hilft, auch noch an deiner Klit.«

Sandra zog sich geschmeidig an sie heran und küsste sie lachend auf den Mund. »Ganz süß, wenn du so energisch wirst.«

Leoni blieb unvermindert streng und wissbegierig. »Liebst du ihn eigentlich?«

»Oh, das ist eine schwierige Frage. Anfangs war ich vollkommen davon überzeugt. Doch dann wunderte ich mich, wie schnell und bereitwillig ich unserem Arrangement zugestimmt habe. Würde man das tun, wenn man jemanden so sehr liebt, dass man sich nach ihm verzehrt? Mittlerweile freue ich mich zwar noch immer, wenn er kommt, allerdings kaum weniger, wenn er anschließend wieder geht und ich für mich sein kann. Manchmal denke ich, ich bin nur noch deshalb mit ihm zusammen, weil sich noch kein Besserer eingefunden hat.«

Munter schnippte Leoni mit ihren Fingern nach Sandras steil aufgerichteten Nippeln.

»Oder eine Bessere. Was macht er mit dir, wenn ihr Sex habt?«

Wieder ließ sie ihren Mittel- und Zeigefinger um Sandras deutlich geschwollenen Kitzler kreisen.

»Nichts Besonderes eigentlich. Erst leckt er mich, dann blase ich ihm einen. Danach ficken wir, und entweder kommt er dabei in meiner Muschi oder in meinem Mund.«

»In deinem Mund?« Leoni blickte sie mit großen Augen an. »Und schluckst du dann alles?«

»Ja.«

Blitzschnell richtete sie sich in den Fersensitz auf. »Hast du etwas Alhoholisches im Haus?«

»Warum? Eigentlich nur ein paar Flaschen Sekt und einen geöffneten Eierlikör im Kühlschrank.« Sandra sah sie verwundert an.

»Eierlikör? Geil! Dann wirst du jetzt meinen Saft schlucken.« Ihre ganze Haltung machte klar, dass sie keinen Widerspruch duldete.

Freudig vor sich hinsummend eilte sie ins Bad und in die Küche. Als sie zurückkehrte, hatte sie ein großes Handtuch dabei, das sie Sandra liebevoll und fast zärtlich unter den Kopf legte, ein kleines Likörglas und die Flasche Eierlikör.

»Du wirst jetzt die Creme Schluck für Schluck aus meinem Mund entgegennehmen. Ich mache extra ganz langsam für dich. Achte darauf, dass kein Tropfen meiner wertvollen Sahne verloren geht!« Triumphierend sah sie ihre Englischlehrerin an.

»Aber du machst mich nicht betrunken, Leoni, oder? Viel vertrage ich um die Uhrzeit nämlich noch nicht. Und du vielleicht auch nicht, denn der Alkohol geht selbst über die Zunge ins Blut.«

Zärtlich tupfte Leoni sie auf die Nase. »Ja ja, immer ganz die besorgte Lehrerin«, machte sie sich über sie lustig.

Sandra gab sich die allergrößte Mühe, alles in sich aufzunehmen, ohne dass etwas danebenlief. Und tatsächlich gelang es ihr auch, was sie mit Stolz erfüllte.

Die ganze Aktion hatte Leoni so sehr begeistert, dass sie spontan wie eine Verrückte durch den Raum tanzte und dabei immer und immer wieder ›geil geil geil‹ rief. »Demnächst machen wir uns mal einen gemütlichen Rotweinabend mit nur einem Glas. Du trinkst alles aus meinem Mund, wenn du Pech hast, die ganze Flasche«, fügte sie aufgedreht hinzu. Zufriedenen gab sie Sandra einen leidenschaftlichen Kuss auf den Mund. »Dafür hast du dir wirklich eine Belohnung verdient. Komm beschwipste Frau, mach die Beine breit, ich will dich lecken.«

Wenige Minuten später hatte sie Sandra erneut so weit. Mit leicht krampfenden Händen und heftig atmend und stöhnend gab sie sich ihrer jugendlichen Liebhaberin bereitwillig hin, was ihr aufgrund des längst deutlich spürbaren Alkohols dieses Mal ganz besonders leicht fiel.

»Ich möchte übrigens, dass du dich bei deinem Freund in Zukunft zurückhältst«, war das Erste, das sie hörte, nachdem die letzten Wellen des sehr intensiven Höhepunktes in ihr verklungen waren.

»Wie meinst du das?« Verwundert schaute sie zu ihr auf.

»Stöhn ihm meinetwegen einen O vor, aber ich will nicht, dass du bei ihm kommst. Verstanden?«

Trotz ihres jugendlichen Alters war es ihr anzusehen, dass sie es absolut Ernst meinte.

»Ja ja, schon verstanden«, lenkte Sandra sofort ein. »Aber besonders leicht bin ich bei ihm sowieso noch nie gekommen.«

Leonis Finger hatten sich längst wieder an Sandras Spalte herangepirscht. »Umso besser. Auf viel verzichtest du also nicht. Außerdem sind die Höhepunkte mit mir sowieso besser.«

»Viel viel besser sogar«, bestätigte Sandra mit Inbrunst.

Ein bezauberndes Lächeln erstrahlte Leonis Gesicht. »Eines Tages wirst du nur noch einen Wunsch haben: mir baldmöglichst wieder deine Muschi entgegenzustrecken.« Übermütig zwickte sie ihr in die Nippel.

Wie auf Befehl öffnete Sandra ihre Schenkel noch ein Stück mehr und schob ihr Becken fast unmerklich vor.

»Oh, ich scheine dich schon jetzt so weit zu haben. Na dann sollten wir auch nicht länger warten.« Gut gelaunt legte sie sich zwischen Sandras Beine, umspielte mit ihren Fingern deren Nippel und brachte sie mit ihrer Zunge sukzessive in Richtung eines weiteren Höhepunkts. Unmittelbar bevor Sandra kam, zog sie sich jedoch jedes Mal unter dem zunehmenden Unwillen ihrer Geliebten zurück und ließ sie in ihrer Geilheit allein.

»Du wirst erst kommen dürfen, wenn du wie ein kleines Kind darum bettelst«, ließ Leoni sie wissen. Ihre Augen glitzerten teuflisch.

Schon bald hockte sich Sandra im Fersensitz vor sie hin und bettelte um ihre Erlösung. »Bitte bitte, lass mich endlich kommen.« Es war ihr anzusehen, dass sie verzweifelt war.

»Okay, wenn du mir etwas versprichst.«

»Und was?« Ängstlich schaute sie zu ihr auf.

»Das verrate ich dir erst, wenn du gekommen bist. Ein bisschen Risiko tut manchmal gut.«

In der Woche darauf verabredeten sie sich das erste Mal fürs Kino. Allerdings wünschte sich Sandra, dass sie bei ihrer Begegnung beide so tun, als wenn sie sich dort rein zufällig über den Weg liefen, womit Leoni ausnahmsweise einverstanden war. Sandra wollte vermeiden, dass man schon jetzt über sie redete.

Sie hatten sich für eine Nachmittagsvorstellung von Anna Karenina entschieden, auch weil Sandra die Hauptdarstellerin Keira Knightley sehr mochte. Hinzu kam, dass Leoni ihr vom Typ her sehr glich, jedenfalls in Sandras Augen. Außerdem wurde der Film zu dieser Uhrzeit im Original mit deutschen Untertiteln gezeigt. Im Grunde hätte sie den Kinobesuch durchaus als eine weitere Nachhilfestunde in Englisch deklarieren können.

Unmittelbar vor Vorstellungsbeginn suchten sie die Damentoilette auf, wo sie ohne weitere Umschweife gemeinsam eine Kabine nahmen. Kaum hatten sie die Türe hinter sich verschlossen, kam Leoni zur Sache und zog Sandra ihren BH und ihr Höschen aus. Die Wäsche verstaute sie in ihrer Handtasche.

»Das sollte ich vielleicht in Zukunft immer so tun, bis du am Ende keine BHs und Slips mehr besitzt und endlich so herumläufst, wie es sich für eine Schlampe wie dich gehört«, meinte sie in ihrer üblichen dreisten jugendlichen Art: »Ich werde aus dir schon noch eine richtige Fotze für Frauen machen.«

Als sie schließlich den Kinosaal betraten, stellten sie mit Genugtuung fest, dass sich zu der Uhrzeit kaum jemand anderes für die Originalfassung von Anna Karenina interessierte. Leicht fanden sie eine ganze freie Reihe für sich.

Als der Vorspann vorüber war und der Hauptfilm begann, ergriff Leoni mit beiden Händen Sandras T-Shirt und schob es ihr bis kurz unter den Hals. Dann drückte sie ihr die Hände hinter den Rücken und legte sie überkreuzt auf der Sitzfläche ab. Nachdem sie Sandra dazu gebracht hatte, sich auf ihrem Sitz weit nach hinten zu lehnen, machte sie sich über ihre Nippel her. Sandras rechte Knospe ergriff sie mit ihrer rechten Hand, während sie ihren linken Arm ganz um die Schultern ihrer Geliebten legte, um von dort den linken Nippel zu ergreifen. Ihre Berührungen waren äußerst zärtlich und liebevoll. Meist bewegte sie ihre Finger sanft und kreisend, lediglich gelegentlich griff sie einmal etwas fester zu, was die längst stark erregte Sandra zu kleinen unterdrückten Lauten veranlasste. Während der ganzen Zeit waren ihre Blicke auf die Leinwand gerichtet. Vom Geschehen verpassten sie nichts.

Gegen Mitte des Filmes hob Leoni Sandras Rock energisch an und legte ihren Unterleib bis zur Taille frei. Mit zwei Fingern tauchte sie in ihre Spalte ein, kreiste sanft über die Schamlippen, und widmete sich intensiv der Klitoris ihrer Gespielin. Es vergingen nur wenige Minuten, bis sich Sandra kaum mehr zurückhalten konnte. Sanft drehte Leoni den

Oberkörper ihrer Lehrerin in ihre Richtung und zog ihren Kopf zu sich heran.

»Küss mich ganz intensiv. Und wenn du kommst, machst du ganz leicht deine Lippen für meine Zunge auf. Ich will will keinen Ton von dir hören, ja?« Ihre Augen funkelten sich gegenseitig an.

In der dann folgenden Zeit fickte Leoni sie so intensiv mit der Hand, dass Sandra sich ihr schon bald und mehrmals ergeben musste, ob sie es wollte oder nicht. Stumm ertrug sie den süßlich bebenden Schmerz, ihre beiden Lippen fest aufeinandergepresst und Leonis Zunge vorwitzig in ihrem Mund.

Als Leoni das nächste Mal zur Nachhilfe kam, verlangte sie auf der Stelle, dass sich Sandra vollständig auszieht. Mit dem ernsten Blick einer besonders kritischen und strengen Lehrerin inspizierte sie ihren Körper. Als sie alles gesehen hatte, lächelte sie zufrieden.

»Sehr brav. Offensichtlich hast du verstanden, wie wichtig mir deine vollständige Rasur ist. Sie ist nicht nur besonders weiblich, sondern steht auch für Unterwerfung. Mit Frauen, die restlos glatt am Körper sind, darf man alles machen. Sie wollen es.«

Liebevoll küsste sie ihre Nachhilfelehrerin auf den Mund. »Komm, lehn dich gegen deinen Schreibtisch und mach die Beine breit. Du hast dir eine Belohnung verdient. Doch bevor du kommst, sagst du laut und deutlich ›Ich komme‹. Klar?« Sandra nickte stumm.

Mit Geschick brachte Leoni ihre Geliebte schon bald wieder bis kurz vor einen Höhepunkt. Als Sandra das Stoppwort sagte, hielt Leoni unvermittelt inne und begann beide Nippel ihrer Gespielin mit ihren Daumen zärtlich zu streicheln und zu umkreisen. Dabei küsste sie sie leidenschaftlich auf den Mund.

»Noch weiblicher als glatt rasierte Frauen sind erregte glatt rasierte Frauen«, merkte sie beim Anblick der immer lauter stöhnenden Sandra an.

»Ich weiß, dass du liebend gerne kommen würdest, doch ich werde es dir nicht zugestehen. Und damit es ein für alle Mal klar ist: Deine Finger haben an deiner Muschi nichts verloren, weder heute, noch morgen, noch irgendwann, okay?«, flüsterte sie ihr ins Ohr. »Ja Liebste«, kam es laut stöhnend zurück.

Bei Sandra gehörten die Nippel zu ihren am leichtesten erregbaren Körperstellen überhaupt. Wurden sie in einer Weise stimuliert, wie es Leoni in diesem Augenblick tat, richteten sie sich schon bald wie Leuchttürme auf und vermittelten Sandra wundervolle erregende Gefühle, die bis tief in ihre Muschi hineinreichten und sie schwach und wehrlos werden ließen. Allerdings kam sie dabei stets nur bis knapp vor einen Höhepunkt und ohne die kräftige zusätzliche Unterstützung durch ihre Muschi nie darüber hinaus. Leoni schien dies zu erahnen, und so machte sie weiter und weiter mit der süßlichen Qual. Es war Sandra anzusehen, dass sie längst völlig widerstandslos war. In diesem Zustand würde sie alles mit sich machen lassen. Leoni schien dies der ideale Zeitpunkt für ein gewissenhaftes Verhör ihrer Geliebten zu sein.

»Hattest du noch mal was mit ihm?«

Sandra fiel es schwer, sich zu konzentrieren, sodass sie erst mit deutlicher Verzögerung antwortete.

»Ja, vorgestern.«

»Und? Bist du bei ihm gekommen?« Leoni blickte ihr tief in die Augen, während sie zugleich ihr grausames Spiel an den Nippeln fortführte.

»Natürlich nicht. Das hatte ich dir doch versprochen.«

Ein schmatzender Kuss traf Sandras Lippen.

»Eben. Hat er nichts gemerkt?« Forschend suchten Leonis Augen im verschleierten Blick ihrer Freundin die Wahrheit zu ergründen. Als Sandara ihrer Meinung nach erneut zu lange zögerte, wurde sie ungeduldig und gab ihr zwei feste Klapse auf den Busen.

»Los, nun beeil dich mal ein bisschen! Woher soll ich denn wissen, ob du mir wirklich die Wahrheit sagst, wenn du jedes Mal erst eine halbe Ewigkeit überlegst. So wie du dich auf-führst, könnte alles glatt erfunden und erlogen sein. Deshalb noch einmal: Hat er nichts gemerkt?«

Sandra reagierte diesmal prompt.

»Ich glaube nicht. Jedenfalls hat er sich nichts anmerken lassen.«

»Und ist er in deinem Mund gekommen?«

»Nein, er hat es nicht einmal versucht.«

»Umso besser für dich. Liebst du ihn?«

»Ich mag und schätze ihn, aber mehr ist nicht.«

»Und für ihn?«

Sandra überlegte einen Augenblick.

»Da bin ich mir nicht so sicher. Aber ich glaube, er sieht es so ähnlich wie ich. Jedenfalls haben wir nie wirklich über unsere Beziehung gesprochen.«

Leoni schüttelte lachend den Kopf.

»Nie darüber gesprochen? Ihr Erwachsenen seid irgendwie komisch. Ich liebe dich jedenfalls.«

Sandra jubilierte innerlich bei Leonis letzten Worten. Den-noch zog sie es vor, sie nicht zu ernst zu nehmen.

»Du liebst mich? Leoni, du könntest meine Tochter sein. Denkst du nicht, dass dies nur so eine vorübergehende Schwär-merei ist?«

»Nein, und du?«

»Ob ich dich liebe?« Sandra lächelte. »Nun ja, es vergeht kaum eine Stunde, in der ich nicht an dich denke und mich auf dich freue. Dass du Dinge mit mir machst, wie jetzt. Dass du mich benutzt und sexuell ausbeutest und mir inquisitorische Fragen stellst. Dass du mich quälst und gemein zu mir bist. Mir ohne zu fragen in meine Muschi greifst oder an die Titten gehst. Dass du mich nackt machst, selbst aber angezogen bleibst. Dass du von mir verlangst, Sex in der Öffentlichkeit mit dir zu haben. Dass du mich kontrollierst, mir sagst, was ich zu tun habe, wie ich mich kleiden soll, wann ich einen Höhepunkt haben darf. Dass du gut zu mir bist und mich liebst.«

Leidenschaftlich küssten sie sich. Doch Leonis Wissbegierde war noch lange nicht gestillt. Sie wollte noch viel mehr über ihre Freundin erfahren, zumal sie von den Wirkungen ihrer speziellen Verhör- und Foltermethode längst äußerst angetan war.

»Onanierst du, wenn du an mich denkst?«

»Wenn ich allein bin, streichele ich mich. Aber wenn ich schon nicht bei meinem Freund kommen darf, dann …«

»Sehr artig, sehr artig! Doch was hatte ich dir vorhin über Hände und Muschi gesagt?« Ein fester Schlag traf Sandras Venushügel und den Bereich zwischen ihren Beinen. Sandra atmete tief durch.

»In Zukunft wird es so etwas für jede Berührung deiner Muschi geben, die nicht ausdrücklich von mir bewilligt wurde, klar?«

Als Sandra nicht sofort reagierte, prasselten drei weitere Schläge auf die gleiche Stelle nieder, diesmal jedoch noch ein ganzes Stück fester. Sandra nickte deutlich mit dem Kopf, während sie zugleich heftig atmete.

Leoni aber hatte noch immer nicht genug. Sie löste sich von ihrer Lehrerin und wanderte ziellos im Zimmer umher. »Komm zeig mir mal, wie du dich streichelst.«

Sandra ließ sich wortlos in ihren Schreibtischstuhl fallen, lehnte ihren Oberkörper an die Rückenlehne, fasste sich mit einer Hand an ihre Brust, öffnete ihre Schenkel und begann mit

der anderen Hand ihre Klitoris zu stimulieren. Nach kurzer Zeit
wurde ihr Atem intensiver, und sie begann leicht ihre Augen zu
verdrehen.

Blitzschnell war Leoni zur Stelle, hockte sich auf ihre
Oberschenkel und nahm die Finger, die gerade noch die Klitoris
streichelten, in ihren Mund. »Mmmh, lecker. Aber damit ist
endgültig Schluss für heute. Keinen weiteren Sex mehr!«

Sandra konnte kaum glauben, was sie gerade gehört hatte,
und protestierte energisch.

»Keinen weiteren Sex mehr? Du willst mich heute so hän-
gen lassen? Du willst mich foltern, am besten die ganze Woche
lang? Was habe ich falsch gemacht. Bitte bitte Leoni, ich mach
alles, was du willst, aber bitte mach es mir.« Reflexartig öffnete
sie ihre Schenkel ein Stück mehr und schob das Becken vor.

Freudig erregt holte Leoni tief Luft. Genau an dem Punkt
wollte sie ihre Geliebte schon den ganzen Tag haben. Triumphierend lächelte sie sie an.

»Alles, was ich will? Soso. Du würdest dich für mich also
auch von deinem Freund trennen?«

Sandra schaute mit einem Blick der Liebe und der bedin-
gungslosen Unterwerfung zu ihr hoch.

»Wenn es nicht anders geht und du mich für dich allein haben möchtest: klar!«

»Ja das möchte ich«, bestätigte Leoni mit aller Bestimmtheit. »Dich soll niemand außer mir anfassen dürfen, nicht
einmal du selbst. Es sei denn, ich wünsche es. Aber ich fände es
geiler, wenn die Trennung von deinem Freund ausgeht.«

»Und wie willst du das anstellen?« Sandras große Augen
sahen sie fragend an.

»Ach, das lass mal ruhig meine Sorge sein. Deine Orgasmen kriegt er schon nicht mehr, und für den Rest sorge ich auch
noch.«

Langsam beugte sie sich zu Sandra vor und nahm ihre Nippel zwischen die Finger, um sie fest und schmerzhaft zu zwirbeln.

»Deine linke Titte bekommt erst einmal ein hübsches Tattoo, ungefähr hier.« Sie wies auf eine Stelle deutlich oberhalb der Herzgegend. »Sie gehört mir ja.«

Ihre Hand wanderte weiter zur Klitoris und von dort zum glatt rasierten Venushügel. »Und direkt hier kann er dir auch eins stechen. Deine Scham gehört mir ja ebenso.« Schnell machte sie sich wieder an Sandras Kitzler zu schaffen, den sie mit ihren Fingern zärtlich umkreiste.

Sandra stöhnte laut auf, was Leoni veranlasste ihre sanften kreisenden Bewegungen zu intensivieren. »Wenn er die Tattoos sieht, wird er von dir genug haben und das Weite suchen. Glaub mir, Männer sind so bescheuert.«

Obwohl Sandra längst dabei war, den Verstand zu verlieren, schüttelte sie amüsiert den Kopf.

»Bescheuert? Leoni, du würdest nicht anders reagieren, wenn ich morgen mit ein paar Piercings oder Tattoos käme, die du nicht selbst in Auftrag gegeben hast.«

Unvermittelt schrie sie auf, denn Leoni hatte ihr ohne jede Vorwarnung recht fest in die Klitoris gezwickt. »Oh doch, ganz anders. Und danach würdest du so etwas garantiert nie wieder tun. So, und nun will ich aber endlich mit deinem Sommerset Maugham weitermachen – ich bin nämlich eine ehrgeizige Schülerin – doch danach bist du wieder dran.«

»Wobei du auch sehr ehrgeizig bist.« Sandra lächelte ihr zu.

»Genau, aber dann als deine Lehrerin. Und Nutte.« Leonis Finger hatten längst wieder ihre kreisenden Bewegungen rund um Sandras Kitzler aufgenommen.

»Und Nutte? Wie meinst du denn das?«

Leoni verschränkte ihre Arme vor der Brust.

»Ganz einfach. Ich bezahle dich zweimal die Woche für den Nachhilfeunterricht, wofür ich regelmäßig Geld von meinen Eltern bekomme. Mittlerweile haben sich allerdings unsere Geschäftsbeziehungen entscheidend geändert, da nicht nur ich von dir unterrichtet werde, sondern du von mir auch. Du bekommst mein Geld für die Englischlehrstunden und ich dein Geld für die Sexlehrstunden beziehungsweise den Sex mit mir, und zwar exakt die gleiche Summe. Es geht sich also auf. Ergo bleibt das Geld, das ich für die Unterrichtsstunden von meinen Eltern erhalte, in Zukunft bei mir. Ich wollte schon immer Nutte sein.«

Sandra lachte laut auf. »Also nun mach aber mal einen Punkt. Obwohl du im Grunde natürlich recht hast: Warum sollten sich Lehrerinnen gegenseitig bezahlen. Und was steht heute auf deinem Stundenplan?«, fragte sie vorsichtig an.

»Du wirst lernen, ganz dolle laut zu sein. Nicht nur wenn du kommst, sondern dazwischen auch.« Kühl und überlegen blickte Leoni sie an.

Gefühle der Panik und der Scham machten sich in Sandra breit.

»Das ist mir glaube ich sehr unangenehm wegen meinen Nachbarn. Ich will nicht, dass sie mich so hören.«

»Darum geht es ja gerade.« Sanft tätschelte Leoni ihre Wange. »Ich will ja, dass sie dich hören, wenn du dich mir ganz hingibst. Du gehörst mir, nicht deinen Nachbarn. Du schenkst dich mir, nicht den anderen Hausbewohnern. Klar? Aber was soll es, es wird sowieso kein Erbarmen geben. Deine Erlösung bekommst du erst, wenn du laut genug bist. Und sei es in drei Monaten!«

Ein Jahr darauf zog Leoni nach England, um an der University of Oxford Literatur zu studieren und ihre Englischkenntnisse weiter zu verbessern. Als sie sich das letzte Mal trafen, zog Leoni noch einmal alle ihre Register. Sie liebten sich so intensiv wie nie zuvor und Sandra gab sich ihr völlig hin, auch wenn sie bei allem ein wehleidiges Gefühl in ihrem Unterleib verspürte. Sie wusste, dass ihre nächsten Wochen und Monate ohne Leoni sehr einsam sein würden.

»Bestimmt wirst du schon bald eine deiner Lieblingsprofessorinnen verführen und ihr ihren Busch nehmen. Danach gehört sie dir«, sagte sie ihr lächelnd, doch innerlich weinend, beim Abschied. Als sie sich das letzte Mal küssten, rannten Tränen ihre Wangen hinab.

Ein halbes Jahr später lief Sandra während eines Einkaufs zufällig ihrem früheren Freund Marlon über den Weg. Bei einem spontanen Gespräch in einem in der Nähe liegenden Café beschlossen sie gemeinsam, weiterhin Freunde zu bleiben, und so willigte sie denn auch sofort ein, als er sich bereits wenige Tage später mit ihr bei ihrem früheren Lieblingsitaliener verabreden wollte, zumal sie ihm gegenüber längst ein schlechtes Gewissen plagte.

Sie waren gerade bei der Nachspeise angelangt, auf die sie sich wie immer ganz besonders gefreut hatte, als er sie unvermittelt fragte:

»Und darf man wissen, wer es war?« Sein Blick war offen und interessiert.

»Wer was?«

»Na der Kerl, wegen dem du mich praktisch von heute auf morgen verlassen hattest? Kenne ich ihn?« Sandra sah ihm seine tiefe Verletzung an.

»Nein, mit Sicherheit nicht.« Es war ihr ein Bedürfnis, möglichst schnell auf ein anderes Thema zu sprechen zu kommen.

»Und wo hast du ihn kennengelernt?«

Seine Frage traf sie mitten ins Herz. Durch sie wurde ihr endgültig klar, dass sie niemals einfach nur Freunde sein könnten. Außerdem stellte sie zu ihrem Bedauern fest, dass sie sich in seiner Gegenwart ein wenig langweilte, wie es im Grunde schon immer der Fall gewesen war. Das Ambiente des

Restaurants war ansprechend, das Publikum vielfältig und interessant und die Speisen vorzüglich. Doch seine Gegenwart bedeutete ihr letztlich nicht viel. Sie stellte sich vor, wie es wäre, statt mit ihm mit Leoni hier zu sein. Bestimmt hätte sie längst versucht, ihr zwischen die Beine zu fassen oder sie vor allen Leuten leidenschaftlich zu küssen.

Leise lächelte sie in sich hinein.

»Auf der anderen Seite wäre mir dann bestimmt die süße neue Kellnerin entgangen, die heute Abend unseren Tisch bedient«, sagte sie innerlich zu sich. Und wieder musste sie schmunzeln. Sandra schätzte sie auf allerhöchstens 20 Jahre. Ihr gefiel ihre verbindliche und bestimmende Art, die sie einer so jungen und schlanken Frau niemals zugetraut hätte. »Außer Leoni natürlich«, fügte sie grinsend hinzu.

Sandra gähnte, als sei sie von einer plötzlichen Müdigkeit erfasst worden. »Entschuldigung Marlon. Ich hatte heute in der Schule einen sehr anstrengenden Tag und bin deshalb ziemlich kaputt. Ich glaube, mit mir ist nicht mehr viel los. Lass mich mal zahlen«, bemühte sie sich möglichst unverdächtig zu sagen.

»Du zahlst?«, fragte er irritiert zurück. »Seit wann?«

Fast unmerklich hob sie ihre Schultern und lächelte gequält. »Emanzipation? Gleichberechtigung?«

Die schon bald gereichte Rechnung beglich sie mit ihrer Kreditkarte. Als die Kellnerin zurückkehrte, um ihre Unterschrift einzuholen, gab sie ihr ein Trinkgeld von 20 €, unter das sie ihre Visitenkarte geschoben hatte. Auf deren Rückseite hatte sie in einem unbeobachteten Moment hastig geschrieben:

»Liebste, ich warte in einem gelben Golf in der Martius- straße gleich nebenan auf dich. Küsschen Sandra.«

Knapp 15 Minuten nach Schließung des Lokals war sie da. Sie setzte sich auf den Beifahrersitz und lächelte Sandra reizvoll zu.

»Hi Sandra, ich bin Pia.« Elegant beugte sie sich vor und gab ihr einen leidenschaftlichen Kuss. Offensiv bahnte sich ihre

Zunge den Weg in den Mund ihrer vermeintlichen Beute. Sandra war sofort vollkommen fasziniert von ihr. Sie mochte sie, und ihr weiblicher Duft betörte sie.

»Nachdem wir unser Verhältnis also schon mal geklärt hätten: Fahren wir zu dir?«, fragte sie in einem sehr selbstbewussten und sicheren Ton.

Sandra hätte am liebsten vor Freude aufgeschrien. Offenkundig hatte sie sich in Pia nicht getäuscht. Genauso hatte sie sich die erste Begegnung mir ihrer nächsten Liebhaberin vorgestellt und gewünscht.

In ihrer Wohnung angekommen, tranken sie zunächst einen Cappuccino, für dessen Zubereitung sich Sandra stets sehr viel Mühe gab. »Ich mache einen viel besseren als ihr«, hatte sie ein wenig übermütig geprahlt. Pia bestätigte ihre mutige Behauptung nach den ersten Schlucken ohne jede Einschränkung. »Hm, super! Den möchte ich beim nächsten Mal unbedingt wieder haben«, meinte sie zu Sandras größter Freude. Ein nächstes Mal war also möglich.

Nachdem sie beide auf dem Wohnzimmersofa Platz genommen hatten, unterhielten sie sich fast eine geschlagene Stunde, wobei sie sich immer wieder zärtlich berührten. Sandra war sehr froh, ihre Geschichte mit Leoni endlich einmal einem anderen Menschen erzählen zu können, jemandem, der sie vielleicht verstehen würde.

Als sie das nächste Mal in die Küche gingen, um sich einen weiteren Cappuccino zu machen, stellte sich Pia ganz dicht vor ihre neue Geliebte und gab ihr einen intensiven Zungenkuss. »Zieh dich aus Süße, ich möchte dich sehen«.

Sandra gehorchte auf der Stelle. Als ihr Höschen schließlich fiel, pfiff Pia leise vor sich hin und fragte überrascht. »Oh du bist nicht rasiert? Hat sie das nicht von dir verlangt?«

»Doch«, antwortete Sandra verlegen. »Sie hat mir meinen Busch gleich am allerersten Tag geraubt. Seit sie gegangen ist, habe ich ihn aber wieder wachsen lassen. Insgeheim hatte ich immer gehofft, die Nächste würde ihn mir nehmen. Wer mir meinen Busch nimmt, dem gehöre ich.«

Mit großen Augen musterte Pia ihren Körper von oben bis unten. Auffällig oft blieb ihr Blick an ihren Brüsten und ihrer Scham haften.

»Du bist schön und wunderbar weiblich zugleich«, stellte Pia anerkennend fest. »Du gefällst mir, du gefällst mir sogar sehr.« Zu Sandras großer Freude fügte sie an: »Na dann lass uns mal ins Bad gehen, bevor dich mir eine andere Fotze noch vor der Nase fortschnappt.« Energisch ergriff sie ihre Hand und zog sie hinter sich her.

Überglücklich ließ sich Sandra von Pia rasieren. Mit jedem Büschel Haar, das zu Boden ging, schenkte sie ihrer neuen Geliebten ein weiteres Stück ihres Körpers. Als ihre Vulva schließlich völlig glatt und freigelegt war, hatte sie sich Pia längst restlos übereignet. Es war wie einer innerliche Umprogrammierung. Für sie stand unumstößlich fest, das alles an ihr nun ausschließlich Pia gehörte.

»Was darf ich machen und was nicht«, fragte Pia sie unvermittelt. Von der Taille aus hob sie ihre Geliebte an und küsste sie. Eine Hand wanderte neugierig über die freigelegte und längst klatschnasse Vulva.

Unschlüssig sah Sandra sie an. »Ich weiß nicht. Alles?«

Pia lächelte. »Alles? Dürfte ich dich peitschen, deine Brüste, den Bauch, die Oberschenkel, den Po und selbst zwischen den Beinen, bis alles mit rötlichen Striemen überzogen ist?« Gespannt blickte sie ihre nackte Beute an.

Fast unmerklich zuckte Sandra mit den Achseln. »Ja, natürlich? Sie hat es zwar nie von mir verlangt, und deshalb fehlt mir bislang jede Erfahrung darin, aber die, der ich gehöre, dürfte selbstverständlich auch das, was sonst? Aber bitte nicht in meiner Wohnung, und wenn doch, dann nicht mit einer laut knallenden Peitsche, sondern eine, die kaum Geräusche von sich gibt und vielleicht zusätzlich sicherheitshalber mit einem Knebel in meinem Mund.«

Voll Glück schlang Pia die Arme um ihre willige Beute, küsste sie auf die Lippen und drang mit der Zunge tief in ihren Mund vor. Sanft glitten ihre Hände an Sandras Körper entlang, verweilten für einen Augenblick an ihrer Taille, die sie zärtlich umspielten, um von dort weiter zu ihrem Bauchnabel und dann ihrem Venushügel zu wandern, bis sie sich schließlich energisch an ihren Schamlippen und ihrer Klitoris zu schaffen machten. »Ich kenne jemanden mit einer idealen Lokation.« Sandra stöhnte leicht auf.

»Du wirkst sehr nackt, nackter als alle anderen Frauen, die ich bislang hatte«, stellte sie wohlwollend fest. Pias Finger umkreisten Sandras längst leicht geschwollenen Kitzler.

»Wie meinst du das?« Sandra atmete schwer.

»Ich hatte schon viele Mädchen, tat mich stets sehr leicht mit ihnen«, erklärte Pia ihr. »Selbst die begehrtesten Heten widerstanden mir kaum. Doch so wie du war bislang noch keine. Irgendwo tief in ihrem Inneren wirkten sie alle gehemmt, selbst die Lesben. Du hingegen nicht. Du stehst völlig nackt und ungezwungen vor mir, so als gehörte alles mir, was mich total anmacht. Entweder liegt es an deinem Alter und ich bin bislang stets den falschen Fotzen hinterhergelaufen, oder dich hat irgendeine verdammt gut erzogen.«

Sandra lächelte. »Das Letztere dürfte wohl eher zutreffend sein.«

»Na, wenn das so ist, dann sollte ich wohl besser dort fortfahren, wo die andere aufgehört hat. Scheint ja sehr lohnenswert zu sein.«

Gedankenverloren glitten Pias Hände über Sandras Busen und spielten an ihren Knospen. Dabei lachte sie frech und ein wenig unverschämt auf.

»Ich stelle mir gerade vor, wie du demnächst vor deine Klasse trittst, in der die Mädchen fast alle in meinem Alter sind. Mit Jeans und Rollkragenpulli hast du die Striemen verborgen, die ich dir am Abend zuvor zugefügt habe.« Ihre beiden Hände wanderten zu Sandras Pobacken und griffen fest zu. »Und wenn du dich an deinen Tisch setzt, musst du kurz innehalten. Die Schülerinnen sollen ja nicht merken, wie sehr er dir noch wehtut. Von den Schlägen, die dir eine zugefügt hat, die so alt ist wie sie. Nicht, dass sie alle plötzlich auf krumme Gedanken kommen, so anfällig, wie du dafür bist.«

Sie lächelte.

»Aber mir fallen noch andere schöne Dinge ein, die ich gerne mit dir anstellen würde. Wie sieht es zum Beispiel mit Fisten aus?«

»Ja klar«, beeilte sich Sandra zu sagen. »Sie hat es ein paar Mal getan, es schien ihr aber nicht besonders wichtig zu sein, denn sie hat es nicht täglich von mir verlangt. Ich wiederum finde, dass die Frau, die mir meine Muschi freigelegt hat, sich jederzeit mit ihrer Hand und wenn es geht, auch ihrem Arm darin bewegen darf. Sie ist ja ihr.«

Pia küsste sie spontan. »So schön weiblich, wie du gebaut bist und wie du hier stehst, bin ich mir eigentlich ziemlich sicher, dass du dich ganz wunderbar fisten lässt. Ich kann es kaum erwarten, dich aufs Bett zu werfen und meine Hand in dir verschwinden zu lassen. Geil! Aber lass uns erst einmal schauen, was du sonst noch machst.«

Sie überlegte für einen Augenblick. »Dürfte ich dich beispielsweise manchmal an eine andere verleihen? Keine Sorge, ich habe nichts mit ihr. Wir verstehen uns nur gut, sind uns in vielerlei Hinsicht sehr ähnlich, haben nahezu die gleichen Vorlieben, auch was das Fisten von geilen Fotzen angeht. Wir könnten uns mal einen Abend zusammen mit dir beschäftigen.« Sie kam kaum aus dem Schwärmen heraus.

Sandra spannte ihre Muskeln an, streckte ihren Körper ein Stück in die Länge und blickte ihrer Geliebten tief in die Augen. »Gegen Geld?«

Pia lachte laut auf. »Nein, keine Sorge, sie dürfte dich umsonst haben, von Freundin zu Freundin sozusagen. Aber sag mal, würdest du das tun?«

»Was?«

»Na, dich von mir an andere gegen Geld ausleihen lassen?«
Pia hatte ihre Augen weit geöffnet, so neugierig war sie jetzt.

Sandra überlegte einen Augenblick. Dann schmunzelte sie.
»Ehrlich gesagt, liebend gerne sogar. Es ist ein schon länger
gehegter heimlicher Traum von mir, und zwar seit ich Leoni
kenne. Die Vorstellung läuft stets wie folgt ab: Erst treffe ich
mich mit meiner Geliebten. Sie sagt mir, wie und wo ich den
Freier treffe – es sind übrigens stets Männer oder Paare -,
welcher Preis für welche Zeit vereinbart ist und ob Extras zu
erfüllen sind. Dann verlangt sie, dass ich mich ausziehe, um
mich mit einem Magic Wand Massager ein paar Mal zum
Orgasmus zu bringen. Anschließend werde ich von ihr wie ein
kleines Schulkind kontrolliert, ob ich beispielsweise ordentlich
aussehe und nichts vergessen habe. Schließlich bekomme einen
letzten Klaps auf den Po und werde ins Taxi gesetzt.

Mit Männern habe ich mich mein ganzes Leben lang sehr
schwer getan. Wirklich befriedigend war der Sex mit ihnen nie.
Bei den Freiern würde es jedoch ganz anders sein. Bei ihnen
gehe ich ganz aus mir heraus, mache mich schön für sie, strenge
mich an und versuche sie restlos zu befriedigen, damit sie mich
möglichst bald wieder haben wollen. Sie sollen denken, sie
seien der tollste Liebhaber der Welt. Meine Orgasmen bekommen sie allerdings nur vorgetäuscht, und zwar notfalls reichlich.
In Gedanken tue ich das alles für meine Geliebte, die es von mir
verlangt und erzwingt, manchmal auch mit Gewalt. Bei der
Wahl meiner Freier besitze ich kein Mitspracherecht.

Wenn ich nach getaner Arbeit nach Hause komme, muss
ich den Hurenlohn sofort vollständig an meine Geliebte abge-
ben. Mir lässt sie bestenfalls ein Trinkgeld. Anschließend muss
ich mich gründlich duschen und ihr nackt Rede und Antwort
stehen. Sie will alles von mir wissen, jede Kleinigkeit. Und
wenn ich ihr dann sage, dass mich einer doch zum Höhepunkt
gebracht hat, weil er so geschickt oder besonders stark gebaut
war, dann bestraft und quält sie mich, damit es beim nächsten
Mal besser wird.

Im Bett muss ich sie lecken und befriedigen, und zwar mindestens so sehr und lange, wie es mir bei den Freiern gelang. Ziemlich lieblos bringt sie mich mit dem Massager zum Höhepunkt und peitscht meine Brüste und Fotze noch einmal aus. Eng umschlungen schlafen wir ein.«

Ihre Stimme war während des Vortags immer schneller, aufgeregter und lauter geworden. Pia hatte ihrer Schilderung gebannt und mit ungläubigem Staunen zugehört, ihr Blick war ernst. Schließlich lächelte sie.

»Wow, das war so ziemlich die heißeste Geschichte, die mir je erzählt worden ist. Geil! Ich bin total feucht geworden.« Sie atmete tief.

»Sandra, wir können das gerne so machen, allerdings mit einigen kleineren Änderungen: Du müsstest mir nach deiner Rückkehr alle Orgasmen schenken, die du den Freiern vorenthalten hast. Keine schnelle Befriedigung mit dem Massager also, sondern lautes Stöhnen und Leiden wäre angesagt. Und nicht du würdest dich nach getaner Arbeit baden, sondern ich dich. Meinst du, ich könnte dadurch vielleicht sogar meinen Job im Restaurant aufgeben? Meinem Studium würde es jedenfalls sehr gut tun.«

»Klar!« Leidenschaftlich schlang Sandra ihre Arme um Pias Nacken. Nackt und offen stand sie vor ihrer viel jüngeren, noch immer vollständig bekleideten Geliebten. Sie dürstete danach, endlich angefasst zu werden. »Ich werde alles daran setzen, dir eine einträgliche Fotze zu sein. Und nun quäl mich endlich, wie du es schon die ganze Zeit liebend gerne tun würdest! Ich sehe es deinen Augen doch an, die meinen ganzen Körper ständig taxieren und von Mal zu Mal gieriger, sadistischer und besitzergreifender werden. Greif zu, es gehört alles dir.«

Pia gab ihr einen fordernden Zungenkuss.

»Okay Fotze, dann lass uns aber zu der Lokation fahren, von der ich dir vorhin berichtete. Dort kannst du problemlos schreien, wenn dir danach ist. Und glaube mir, du wirst schreien.«

Zärtlich fuhren ihre Hände über Sandras Brüste und Achseln, über Taille, Bauch, Vulva, Po und Oberschenkel.

»Ich kann es kaum erwarten, dich überall gestriemt zu sehen. Damit wirst du absolut unwiderstehlich sein. Und im Bett die Hingabe selbst. Frauen, die sich peitschen lassen, sind die besten.«

Behutsam führte sie ihre Lippen an Sandras Ohr. »Dass du doppelt so alt bist wie ich, turnt mich ungemein an. Ich wollte schon immer eine richtige Lady besitzen, die mir zu Willen ist. Hinzu kommt, dass du in deinem Alter längst weißt, was du willst, nicht so wie ein Küken, das erst gestern etwas in der Cosmopolitan gelesen hat und nun nur mal wissen will, wie es sich anfühlt. Deine Unterwerfung ist echt, das spürt man sofort. Bei dir muss ich auf nichts Rücksicht nehmen.« Mit Zeige- und Mittelfinger ergriff sie eine von Sandras Knospen und quälte sie. »Was für dich allerdings sehr schlimme Konsequenzen haben wird. Ich werde mir nämlich alles nehmen, absolut alles. Und nicht nur diese Nacht, sondern immer.« Mit mehreren Fingern tauchte sie in die nasse Spalte ihrer Gespielin ein, aus deren Mund prompt ein leises Stöhnen entwich. »Und wie es ausschaut, bekomme ich es auch.«

# Die Bälle sind rund

## Die erotischen Geständnisse einer Spielerfrau

### Eine Erotik-Satire

Zunehmend unruhiger rutschte ich auf meinem Sitzplatz hin und her. Fünf Minuten vor der Halbzeit stand es 2:0 für Italien. Wenn es bis zum Spielende dabei bliebe, wäre Deutschland wieder einmal vor dem Erreichen des Endspiels in einem der großen internationalen Fußballwettbewerbe ausgeschieden. Und erneut gegen unseren Angstgegner. Kaum auszudenken!

*Lass sie bitte bitte doch noch gewinnen!* Verzweifelt suchte ich die Wolken ab, in der Hoffnung irgendeine Reaktion auf mein gen Himmel gerichtetes Stoßgebet erkennen zu können.

In Gedanken malte ich mir das weitere Geschehen aus. In der Halbzeitpause würde der Trainer den Jungs – und damit auch meinem Freund – eine Standpauke halten, die sich gewaschen hätte. Unwillkürlich musste ich schlucken, denn ich wusste, wie er sein konnte, wenn einmal etwas nicht exakt nach seinen Vorstellungen lief. Ein paar Mal durfte ich es selbst miterleben.

Innerlich taten sie mir schon jetzt leid, zumal ich sie alle mochte. Schmunzelnd erinnerte ich mich an die vielen Male, als wir Spielerfrauen sie in ihrem Trainingslager besuchten, und sie uns ihre Nutella-Frühstücks-Tricks vorführten. Ich war mir sicher, dass sie auch heute auf dem Platz alles gaben. Doch manchmal ist alles eben nicht genug.

Ich wagte kaum daran zu denken, was nach einer Niederlage wieder einmal auf mich zukäme. Tagelang wäre ich den Launen meines Freundes hilflos ausgesetzt. Für das Versagen seiner Mannschaft würde er mich höchstpersönlich verantwortlich machen und es mich auch spüren lassen, zunächst in Blicken und Worten, später dann im Bett.

Einmal fragte ich die anderen Spielerfrauen, wie es bei ihnen nach Niederlagen ihrer Männer sei. »Schrecklich«, war die fast einhellige Antwort. »Du wirst gefickt, als seist du der gegnerische Torwart«, brachte es Vanessa auf den Punkt. »Weil sie ihn an dem Tag nicht oft genug flachlegen konnten.«

»Meiner scheint meine Schenkel dann für ein Lattenkreuz zu halten, in das er sein Ding immer und immer wieder passgenau unterbringen muss«, fügte Julia unter dem Lachen der anderen an.

Jessica protestierte. »Na hört einmal, damit könnt ihr euch doch glücklich schätzen. Meiner sitzt den ganzen Abend stumm in der Ecke und schaut mich kein einziges Mal an«, kam es fast traurig aus ihr hervor. Sarah, die erfahrenste unter den Spielerfrauen stimmte ihr zu: »Was soll euer Klagen? Es ist die Aufgabe einer Spielerfrau, ihren Mann nach Niederlagen wieder aufzubauen und ihm Bestätigung zu geben. Auf dem Platz halten sie für euch die Knochen hin, da könnt ihr ihnen doch abends mal eure Muschi entgegenstrecken und euch stundenlang hart durchficken lassen, wenn sie es brauchen, oder? Wenn es meinem Freund und seinem Verein nützte, würde ich mich sogar von seiner ganzen Mannschaft in der Halbzeitpause rannehmen lassen. Findet euch damit ab, das ist das Los der Spielerfrauen!« Die meisten kicherten bei ihren Worten. Mich ließen sie wochenlang nicht mehr los.

Meinem Freund erzählte ich noch am gleichen Abend davon. »Na dann wissen wir ja, wie wir nächstes Jahr endlich auch einmal Deutscher Meister werden können und nicht immer nur Dortmund und die Bayern«, antwortete er mit einem frechen Grinsen auf den Lippen. Gemächlichen Schrittes kam er auf mich zu, hob meine Bluse von der Taille her an und zog sie mir mit einer einzigen kraftvollen Bewegung über den Kopf. Bald war ich auch meinen BH los, den er so selbstverständlich öffnete, als sei er das Verdeck seines Ferrari 458 Spider. Verdutzt blickte ich ihn an.

»Was gibt es da zu schauen?«, blaffte er vorwurfsvoll zurück. »Während unseres letzten Urlaubs hast du mir mit dem betörendsten Schmollmund ins Ohr geflüstert, nun ganz und gar mein zu sein. Für mich klang das glaubhaft und wie ein Versprechen. Warum sollte ich mich jetzt nicht einmal in aller Ruhe mit den Sachen beschäftigen, die gemäß dir ohnehin mir gehören?«

Äußerst besitzergreifend und überhaupt kein bisschen zärtlich legte er seine großen Pranken auf meine Brüste und begann an den Knospen zu spielen.

»Meinetwegen. Ich frage mich trotzdem, was das wird«, raunte ich ihm zu. Obwohl: Es war wohl mehr ein Stöhnen, denn meine Erregungskurve zeigte längst steil nach oben.

Ich brauchte nicht weiter nachzudenken, denn kaum waren meine Worte verklungen, hatte er bereits meine Gürtelschnalle gelöst und mir den Rock mitsamt Slip bis zu den Knöcheln hinunter gezogen. Nun trug ich nichts weiter als meine schwarzen Stiefeletten und das, was auf ihnen lag und mich am Fortlaufen hinderte.

Seine Hand legte sich wie eine Zange um meinen Nacken. Druckvoll schob er mich zu sich heran, bis sich unsere Münder berührten. Zärtlich knabberte er an meinen Unterlippen. Während er mich küsste, fuhr seine andere Hand erkundend über meinen Po. Kraftvoll presste er mein Becken gegen seinen Unterleib. Deutlich konnte ich die ausgeprägte Beule unterhalb seines Hosenbundes spüren.

»Dann wollen wir doch einmal sehen, wie gut sich meine Kleine als gut erzogene Vereins-Cheerleaderin machen würde«, kam es betont sachlich aus seinem Mund.

Wie Schraubstöcke legten sich seine beiden Hände um meine Taille. Abrupt hob er mich an, um mich zunächst durch die halbe Wohnung zu tragen und schließlich bäuchlings auf unser schwarzes ledernes Wohnzimmersofa zu werfen. Mit wenigen Handgriffen zwang er mich dazu, meine Oberschenkel leicht zu spreizen und mich auf dem davor liegenden Berberteppich hinzuknien. Noch bevor ich reagieren konnte, umklammerte eine seiner Pranken schmerzhaft meine linke Brust, während sich die andere an und in meiner Möse zu schaffen machte. Mit drei Fingern penetrierte er mich dermaßen hart, ausdauernd und unbarmherzig, dass ich mir fast wie eine Barbiepuppe vorkam, die auf ihren heimlichen nächtlichen Spaziergängen die versehentliche Bekanntschaft einer Fickmaschine gemacht hatte. Schnell erreichte ich einen ersten Höhepunkt, der ihn jedoch völlig unbeirrt ließ, und so kam ich prompt ein zweites und schließlich noch ein drittes Mal.

Ein fester Klaps traf meinen Po. »Bleib genau so hocken und beweg dich nicht! Und schließ die Augen, bis ich wieder da bin.«

Als er zurückkehrte, schob er zunächst ein großes Saunahandtuch unter meine Brüste, Knie und Füße. Es war – ganz stilecht – in seinen Vereinsfarben gehalten, weswegen ich mir noch nichts weiter dachte. Mit Freude nahm ich wahr, dass er sich in der Zwischenzeit ebenfalls entkleidet hatte. »Gleich wird er dich noch einmal so richtig durchvögeln, wie er es immer zum Abschluss tut«, war mein Gedanke, und so streckte ich ihm meine geile Muschi in freudiger Erwartung auf das, was noch kommen würde, ein kleines Stückchen mehr entgegen. Doch statt seinen harten großen Schwanz in meine sehnsuchtsvoll wartende nasse Pussy zu schieben, setzte er lediglich eine Plastiktube an und entleerte sie mit wenigen festen Handgriffen beinahe halb in mir. Den restlichen Inhalt verteilte er gleichmäßig auf seine kräftige rechte Hand und den sich anschließenden stämmigen Unterarm. Spontan kam mir die Szene aus ›Pretty Woman‹ in den Sinn, als sie ihm den Zusammenhang zwischen Armlänge und Fußgröße erklärt. Für die Hände dürfte wohl Ähnliches gelten, überlegte ich mir. Mein Freund war Spitzenfußballer und hatte Schuhgröße 47.

In der nächsten Viertelstunde bohrte er seine Finger Millimeter für Millimeter tiefer und tiefer in meine Muschi, bis sie sich schließlich weit genug geöffnet hatte, um erst seinen Handrücken und dann auch noch einen Teil seines Unterarms in sich aufzunehmen. Wir hatten dies schon recht oft geübt und in den unterschiedlichsten Stellungen praktiziert, sodass an einem erneuten Erfolg kein Zweifel bestehen konnte.

Fisten gehörte zu seinen unbedingten erotischen Leiden-
schaften. In einem sehr persönlichen Gespräch erzählte er mir
einmal, es bereits bei seiner dritten Begegnung mit seiner
allerersten Sex-Partnerin und auf deren ausdrücklichen Wunsch
hin ausprobiert zu haben. Er war damals erst sechzehn, sie
zweiundvierzig und seine Französischlehrerin. Wie er mir
gestand, habe ihn das Erlebnis fast süchtig danach gemacht,
weswegen er es in der Folge von allen seinen Freundinnen
verlangte, was jedoch oftmals nicht gelang. Wie er behauptete,
war ich seine erste jüngere Partnerin überhaupt, bei der es fast
immer ziemlich reibungslos funktionierte. »Nur deshalb habe
ich mich für dich entschieden«, fügte er in seiner typischen
trockenen ironischen Art an, die ich allerdings mittlerweile zu
nehmen wusste.

Für ihn war da ganz offenkundig sehr viel Macht im Spiel.
Jedenfalls sei es für ihn damals absolut überwältigend gewesen
– so seine Worte –, als er schließlich seine Faust tief in der
Muschi dieser zierlichen Frau, die bereits einige Jahre älter als
seine eigene Mutter und zugleich seine Lehrerin und damit für
ihn eine Autoritätsperson war, ballte und sie langsam vor und
zurück bewegte. Noch immer völlig beeindruckt, als habe alles
erst gestern stattgefunden, erzählte er mir, wie er seine andere
Hand auf ihre Schultern legte, um ihr jegliche Möglichkeit, ihm
doch noch zu entkommen, zu nehmen. Deutlich über eine
Stunde will er sie in seiner Gewalt gehabt und per Faust behan-
delt haben. Ein paar Mal sei sie sogar richtig nass und spritzend
gekommen. Danach sollen ihre Beine ganz stark gezittert haben,
sodass sie zunächst nicht einmal mehr ohne Hilfe aufstehen
konnte. Er habe die Gelegenheit sogleich genutzt und sie noch
einmal gründlich durchgefickt, zumal er aufgrund der ganzen
Aktion noch immer sehr geil war. Dabei sei sie ein weiteres Mal
äußerst nass gekommen.

Ich vermute, aus all diesen Gründen mag er das Fisten auch
bei mir am Liebsten, wenn ich dabei mit angezogenen und
gespreizten Beinen auf dem Rücken liege und ihm ganz fest in
die Augen schaue. Eine Hand legt er stets druckvoll auf meine
Schultern, sodass ich mich wie in einer Zange befinde. Ein

Entkommen ist nicht möglich. Jedes Ansinnen, es doch zu versuchen, würde unweigerlich mit unnötigen Schmerzen enden. Auch steht die Dauer des Spiels nicht mehr in meiner Macht. Es ist, als würde man von einem Hengst oder King Kong höchstpersönlich gefickt. Das einzige, was mir in der Situation noch hilft, ist die absolute Hingabe.

Danach bin ich zunächst meist völlig erschöpft, allerdings nicht ganz so sehr, wie es für ihn den Anschein haben mag. Ich weiß, dass er es gerne sieht, wenn meine Beine zittern oder sonst wie Schwäche zeigen. Dann bin ich für ihn eine leichte Beute, der er den endgültigen Todesstoß versetzen kann. Konkret heißt das, dass ich von ihm noch einmal ausgiebig und nach allen Regeln der Kunst durchgevögelt werde. Allerdings spekuliere ich stets auf genau diese Reaktion von ihm, denn für mich ist *das* immer der eigentliche Höhepunkt der ganzen Aktion. Und so kann es dann sein, dass meine Beine an den Abenden ein bisschen ärger schwächeln, als sie es meinem Gefühl nach wirklich tun.

An den Tagen darauf trage ich stets stundenweise Liebes-kugeln in meiner Muschi, um die gedehnte Muskulatur wieder zu trainieren und zu stärken. Eng und dehnbar zugleich, so soll meine Möse in meinen Augen sein.

An diesem Tag fistete er mich jedoch ausnahmsweise im Doggystyle, wofür er seine Gründe hatte, wie mir später bewusst wurde. Ich senkte den Kopf, um einen Blick auf meinen Bauch zu werfen, der sich bei jeder Bewegung seiner Hand genau dort nach unten vorwölbte, wo sich gerade seine Faust befand. Nachdem er mich für ausreichend begehbar hielt, setzte er den massiven Kolben in Gang, der sich tief in meinem Inneren befand. Es war ein unbeschreibliches Gefühl. Ich konnte überhaupt nichts anderes tun außer Kommen und Spritzen, Spritzen und Kommen. Eine Eigenkontrolle über meine Körperfunktionen und meine Sexualität besaß ich nicht mehr. Im Grunde war ich nichts Weiteres, als ein großer schreiender Aufsatz auf seiner kräftigen Hand.

Als er endlich genug von seinem grausamen Spiel hatte, ließ ich meinen Oberkörper erschöpft und tief atmend auf das Sofa fallen. Ich war froh, mich endlich ein wenig entspannen zu können.

»Wer war das?«, fragte er fast beiläufig.

»Sorry, ich verstehe deine Frage nicht«, antwortete ich noch immer nach Luft ringend.

»Na, wer aus meiner Mannschaft hatte gerade seine Finger und schließlich die ganze Hand in dir drin?«

Ich war ratlos. Hatte ich mich vielleicht nur verhört oder was sollte die Frage? Niemand außer ihm hatte vorhin seine Finger in meiner Möse drin, was denn sonst?

»Du willst tatsächlich wissen, wer mich gerade gefingert hat?«, mimte ich die Arglose.

»Ja. Und nun mach schon!« Ein anspornender Klaps traf meinen Po.

»Und was soll das werden, wenn es fertig ist?«, fragte ich recht lustlos zurück.

Der nächste Klaps tat nun schon deutlich mehr weh. »Wieder einmal frech und auf Krawall gebürstet heute, Süße?« Wie zur Bekräftigung zog er mir die Nippel lang. »Ist es denn wirklich so schwer zu verstehen, meine Liebe? Als Vereins-Cheerleaderin wäre es eine deiner Aufgaben, regelmäßig für das leibliche Wohl aller Spieler zu sorgen. Gerade hatte sich ein Erster an dir verköstigt. Wer war es?«

Ich konnte es kaum glauben. Die ganze Aktion war Teil eines albernen Ratespiels, das er mit mir durchzuziehen gedachte.

Ich überlegte einen Augenblick. Woher sollte ich das überhaupt wissen? Ich kannte seine Mannschaftskollegen und ihre Gelüste und gelebten Perversitäten doch nicht! Außerdem: Wer außer ihm würde es wagen, mich so respektlos zu behandeln? Zu mir waren sie bislang alle immer sehr nett, höflich und zuvorkommend gewesen. Mir fiel beim besten Willen niemand ein, außer ihn selbst.

»Du natürlich, wer sonst würde mich so brutal behandeln? Die anderen sind meines Erachtens alles richtige Gentlemen, die einer Frau nie etwas Schlimmes antun würden.«

Noch ehe mich mich versah, ging ein ganzes Gewitter harter Schläge auf meinen Po nieder, die er mir mit seinen großen Pranken verabreichte. Binnen weniger Augenblicke hatte sich mein Hinterteil in eine einzige rötlich schimmernde schmerzende Masse verformt.

»Süße, du bist momentan überhaupt nicht in der Position, um deine üblichen Spielchen zu spielen und freche Antworten zu geben. Noch einmal: wer?«

Ich spürte finstere Augen auf mich gerichtet.

»Hm, wie soll ich das wissen. Keine Ahnung. Gianluca?«, brachte ich im weinerlichen Tonfall hervor.

Weitere Hiebe trafen meinen Po, die die zuvor erzielte Wirkung intensivierten.

»Wieso ausgerechnet Gianluca? Stehst du etwa auf den? Komm, du kannst es mir jetzt ruhig sagen, der Typ macht dich an, oder? Ein Latin Lover für meine kleine Francesca, wer sonst?« Triumphierend gingen weitere Hände auf meinen Po nieder.

»Nein, das nicht. Aber ein bisschen machomäßig wirkt der Typ schon, findest du nicht? Ich würde mal denken, dass der nach dir garantiert der bei Weitem brutalste Ficker der ganzen Mannschaft ist. Wenn du es also nicht warst, dann kommt im Grunde nur er infrage. Würde ich jedenfalls mal so denken.«

Ich hätte das nicht sagen dürfen, denn postwendend verzierten weitere Hände meinen längst feuerroten Po.

»Ich weiß es doch nicht«, begann ich zu weinen. »Wenn du es nicht warst und Gianluca auch nicht, dann fällt mir beim besten Willen keiner mehr ein. Kannst du es mir nicht einfach sagen, anstatt mich die ganze Zeit wie ein Scheusal zu quälen?«

»Okay, ich will mal nicht so sein. Es war Michael.«

Ich war verdutzt. »Michael? Wieso ausgerechnet Michael? Der macht auf mich immer einen ganz entspannten, freundlichen und kein bisschen brutalen Eindruck.«

»Im Gegensatz zu mir?«

»Ja, genau.«

Diesmal begnügte er sich mit einzelnen Schlägen für die beiden Po-Backen, die es allerdings in sich hatten.

»Nein mein Engel, es war Michael, unser Torwart, weil er der Einzige ist, der bei uns alles mit der Hand macht.«

Ich kreischte auf der Stelle los.

»Oh jeeee, hat der vielleicht einen Bart. Ich bin ja sooo blöd! Ich hätte mir gleich denken können, dass es bei dir mal wieder auf irgendeinen komischen Fußballkalauer hinausläuft.«

Peng!

»Autsch! Das heißt jetzt aber nicht, dass es die anderen mir gleich alle mit den Füßen machen, oder? So aufnahmefähig ist meine Muschi nämlich nun auch wieder nicht.«

Ich war froh, wieder die Gesprächsinitiative übernommen zu haben, wie es bei uns im Allgemeinen der Fall war.

»Hältst du uns für so durchgeknallt?«

»Deine Kollegen eigentlich nicht.«

Innerlich spannte sich alles in mir an, da ich mit weiteren festen Hieben auf mein Hinterteil rechnete, doch stattdessen hob er mich von meinem Schopf her an, drehte mich auf meinen Knien einmal um die Achse und positionierte meinen Mund direkt vor seinen steil aufgerichteten Schwanz. Seine stark geschwollene Eichel ragte mir leicht zuckend entgegen.

»Und nun blas mal schön, du kleine Vereins-Cheerleaderin!«

Nichts hätte ich in dem Moment lieber getan als das, zumal ich es darin längst fast zur Meisterschaft gebracht hatte.

Sanft nahm ich seinen Penis in die Hand und begann ihn leicht zu wichsen. Zwei feste Kniffe in meine Nippel erinnerten mich an das, was mir befohlen war.

Doch ich ließ nicht locker. Nach der Tortur durch ›Torwart Michael‹ wollte ich ihn ebenfalls ein wenig leiden sehen, zumal er bislang noch kein einziges Mal gekommen war.

Mit den Fingerkuppen rieb ich zärtlich um und über seine Eichel, wobei ich sie kreisförmig immer weiter nach oben bewegte, bis sie nur noch die Spitze streichelten. Mit der anderen Hand umfasste ich seinen Schaft, um ihn energisch auf und ab zu massieren. Mein Mund bewegte sich auf seinen Schwanz zu, doch statt ihn ganz in sich aufzunehmen, wie er es wohl erwartete, küsste, leckte und liebkoste ich nur das dünne Bändchen sehr zärtlich und fuhr mit meiner Zunge an ihm entlang. Er atmete schwer. Ein kräftiges Stöhnen entwich seinen Lippen. Auf seiner Eichel zeigten sich erste Liebestropfen, die ich gierig verschlang.

Doch in dem Moment hatte ihn längst die Ungeduld gepackt. Fest krallte er seine Pranken in mein lockiges Haar. Unbarmherzig schob er seinen steinharten Penis in meinen Mund und weiter bis tief in meine Kehle hinab, die ich sogleich geschickt für ihn öffnete, um ihn leichter in mich eindringen zu lassen.

Innerlich jubilierte ich, denn noch lieber als seinen steifen Schwanz zu blasen, mochte ich es, von ihm in meine weit geöffnete Kehle gefickt zu werden, bis er mir seinen Saft direkt in den Magen spritzte, jedenfalls stellte ich mir das immer so vor. Für mich war der Akt ein Ausdruck meiner allergrößten Hingabe, die ich meinem Schatz liebend gerne entgegenbrachte.

Fest packte er mich am Schopf, um meinen Kopf von vorn nach hinten und von hinten nach vorn gleiten zu lassen oder ihn für seinen Schwanz zu fixieren, je nachdem, wie es ihn gelüste-te. Schon bald begann er laut zu stöhnen, worauf er sein edels-tes Teil noch tiefer in mich hineinhämmerte. In wilden Stößen ergoss er sich in mir. Ich konnte spüren, wie seine Ficksahne in Bächen meinen Schlund hinunter schoss. Erst als er sich restlos ausgespritzt und sein Schwanz ein wenig an Spannkraft verlo-ren hatte, zog er sich aus mir zurück. Ein satter Kuss auf meine Lippen zeigte mir, dass er mit mir zufrieden war.

»Und? Wer war es diesmal?« fragte er noch leicht außer Atem.

Ich hatte keine Ahnung, also beschloss ich, erneut auf An-griff zu machen.

»Also du kannst vielleicht fragen. Was weiß ich denn? Be-stimmt hast du einen weiteren deiner Fußballkalauer auf Lager, wenn mich nicht alles täuscht. Autsch!«

Noch während ich das Wort ›Kalauer‹ sprach, bekam ich meine Nippel lang gezogen, und zwar so fest und intensiv, dass ich vor Schmerzen schrie.

»Autsch, das hat richtig wehgetan!« Missmutig blickte ich zu ihm empor. Prompt fing ich mir eine leichte Ohrfeige ein.

»Dann lass deine Provokationen und antworte ernsthaft«, ermahnte er mich.

»Aber ich weiß es doch nicht! Es ist immer das Gleiche. Erst stellst du eine saublöde Frage, deren Antwort ich nicht kennen kann, und wenn ich dann doch irgendetwas sage, nur um dein blödes Spiel mitzumachen, bist du gemein zu mir.«

Peng! Peng! Eine rechts, eine links.

»Zweimal das Wort blöde, einmal sogar als saublöde. Wer von uns beiden ist die Gemeine hier?«

Trotzig blickte ich ihn an. »»Die Gemeine‹ kann in deinen Augen natürlich nur ich sein. Eine weitere saublöde Frage von dir.«

Peng! Ich hatte es nicht anders verdient.

»Okay, einen Pavianhintern hast du schon, und damit du morgen nicht auch noch als wandelndes Rotbäckchen-Reklameschild herläufst, kürze ich die Sache mal ein wenig ab.«

Doch ich konnte es nicht lassen. »Schön, dass du auch schon darauf kommst.«

Peng!

»Es war der Schiedsrichter.«

Damit hatte ich nun wirklich nicht gerechnet.

»Wieso der Schiri? Der gehört doch überhaupt nicht zur Mannschaft.« Mit großen verwunderten Augen blickte ich zu ihm empor.

Fast sanftmütig tätschelte er meine Glocken. »Wenn wir Deutscher Meister werden wollen, dann sehr wohl, und zwar als 12. Mann.«

Energisch schüttelte ich den Kopf.

»Und den hätte ich genauso zu bedienen, wie deine Jungs?«

»Ja klar, vor dem Spiel bläst du ihm seine Pfeife durch, damit er während des Spiels in die richtige Richtung pfeift.«

Voller Empörung schlug meine Faust auf seiner Brust ein.

»Boah, ich wusste, dass da wieder einer deiner Kalauer im Spiel ist. Ganz schön korrupt übrigens, dein Gedanke. Mal ganz nebenbei: Was macht ihr eigentlich, wenn die Borussen und Bayern auch so eine wie mich im Spiel haben?«

Verträumt legte er seine beiden Pranken unter meine Brüste, als wären sie ihr BH.

»Dann musst du ganz einfach besser sein als sie. Worüber ich mir übrigens keinerlei Sorgen mache, denn wäre ich sonst mit dir zusammen? Eine Frau, die mich glücklich machen will, muss schon die allerbeste Ficke der Welt sein.«

Ich ließ mir nichts anmerken, doch innerlich strahlte ich vor Freude.

Bevor ich etwas sagen konnte, schob er mir erneut seinen Schwanz in den Mund und forderte mich auf, ihn steif zu blasen. Als ich es schließlich zu seiner Zufriedenheit geschafft hatte, wirbelte er mich herum und bugsierte mich in exakt die gleiche Position, die ich bereits zu Beginn unseres Rate-Ficks innehatte. Einige Tropfen Speichel, die er auf meine hintere Öffnung niederließ, kündeten von dem, was noch kommen sollte.

Nachdem er mich an meiner engsten Stelle penetriert hatte, was er zu meiner Überraschung trotz all meiner vorangegangenen Ungezogenheiten sehr behutsam tat, forderte er mich auf, meinen Busen fest auf den Sitz des Sofas zu drücken und ansonsten alle Muskeln anzuspannen, speziell des Schulterbereichs, der Arme, des Pos und der Oberschenkel.

»Da du es doch nicht errätst, will ich dich erst gar nicht auf die Folter spannen«, hörte ich ihn hinter mir in einem recht heiteren Tonfall sagen. Keine Frage, er wollte mich provozieren, was ihm auch prompt gelang.

»Auf die Folter spannen: guter Ausdruck für das, was vorhin abgelaufen ist. Und gut, dass du mittlerweile selbst Zweifel an meinen Ratefähigkeiten bekommen hast.«

Einige weitere Hiebe stellten die ursprüngliche Qualität der bereits leicht abblassenden Röte meiner Po-Backen wieder her.

»Es ist Antonio«, klärte er mich zwischen seinen Schlägen kurz auf. Ich war verblüfft. Was sollte an meiner Muskelspannung charakteristisch für diesen Spieler sein?

»Antonio? Wieso ausgerechnet Antonio?« fragte ich interessiert nach.

»Weil es von dem immer heißt, er könnte schwul sein.«

Ein schöneres Stichwort hätte er mir nicht geben können.

»Ha ha, da muss ich nun aber lachen. Seid ihr nicht alle ein bisschen schwul? So wie ihr euch manchmal zusammen am Boden wälzt, wenn nichts weiter als ein Tor gefallen ist, könnte man es glatt vermuten. Autsch. Autsch. Au. Au.«

Seine Schläge auf meinen Allerwertesten wollten einfach kein Ende nehmen.

»Spann endlich deine Schultern und Arme an, damit sie ein bisschen wie die eines Kerls aussehen. Nicht solche lächerlichen Raptorenärmchen wie bei euch Frauen, mit denen gerade mal Douglastüten durch die Gegend getragen werden können. Spann alles an, was du hast, schließlich soll Antonio seine Freude an dir haben.«

»Und woher weißt du, dass es bei ihm so rum ist?«, fragte ich scheinbar völlig arglos zurück.

»Was meinst du mit ›so rum‹?«

»Na es könnte doch sein, dass er lieber seinen Po hinhält als umgekehrt. In irgendeinem alten Karton müsste ich noch einen Umschnalldildo herumliegen haben. Den könnte ich herholen, wenn du möchtest. Autsch. Au. Au. Stopp. Erbarmen. Bitte.«

Doch er kannte kein Erbarmen. Jedenfalls jetzt nicht mehr. Prompt begann ich zu weinen, was ihn allerdings nicht weiter beeindruckte.

»Hör endlich mit der erbärmlichen Flennerei auf. Antonio möchte einen Mann vor sich liegen sehen und keine Heulsuse. Apropos Umschnalldildo: Wozu hast du den überhaupt? Warst du früher mal als Domina unterwegs? Man könnte es glatt meinen, wenn man dich so reden hört.«

»Nein, keine Sorge. Auf der Schule haben meine beste Freundin und ich, als wir beide noch keinen Freund hatten, damit schon mal geübt.«

»Was heißt das? Habt ihr euch gegenseitig gefickt? Nun lass dir doch nicht alles dermaßen mühsam aus der Nase ziehen«, fuhr er mich ungeduldig an.

»Ja genau. Und zwar fast jeden Tag.«

»Booooaaaah. Jetzt wird mir so manches klar. Deshalb bist du eine solche Granate im Bett. Im Grunde warst du schon immer eine verdorbene Hure. Aber sag mal, wie hat das denn überhaupt funktioniert? Ohne Freund wart ihr doch beide bestimmt noch Jungfrauen, oder?«

»Wir haben uns damit gegenseitig entjungfert. Wir wollten mit vierzehn Jahren den Jungen nicht die Gelegenheit geben, in uns verzweifelte Jungfrauen zu sehen, die vor ihnen noch keinen abbekommen hatten. Außerdem können Frauen das einfach besser, wie ich finde. Autsch! Verdammt!« Seine Hiebe wurden von Mal zu Mal schmerzhafter.

»Dann sag nicht ständig solch ungezogene Sachen«, ermahnte er mich mit strenger Stimme.

Mittlerweile war mir aber ohnehin nicht mehr nach Sprechen zumute, denn sein Penis hatte gehörig an Fahrt aufgenommen. Laut stöhnend sah ich mich einem weiteren Orgasmus entgegenstreben.

»Tiefer! Senk deine Stimme ab. Mehr Bariton. Denk immer daran, du bist ein Kerl, der gerade von einem stärkeren Kerl in den Hintern gefickt wird. Streck ihm deinen Arsch entgegen, damit er seine Freude daran hat.«

Ich tat, wie mir befohlen war. Sonderlich lange musste ich die Männerstimme allerdings nicht mimen, denn schon bald hörte ich ihn hinter mir laut aufstöhnen. Kurz darauf ergoss sich sein Samen in mir.

Wuchtig warf er sich auf meinen Rücken, seine Arme fest auf meine Schultern gelegt. Sanft bewegte er sich in meiner engsten, nun bestens mit seinem Gleitmittel geschmierten Stelle fort. Seine Erektion war unvermindert stark.

»Oh Manuel, mein geliebter Manuel«, flüsterte er mir ins Ohr, wobei sein fester, starker Penis mich weiterhin in Atem hielt.

»Nun ist aber gut, so realistisch müssen wir das nicht üben«, bäumte ich mich gegen ihn auf. »Dass du mich liebend gerne als Jungen im Bett haben möchtest, um dich anschließend mit den anderen noch leidenschaftlicher im Schlamm zu suhlen, ist mir in der Zwischenzeit klar geworden. Doch Schwamm darüber. Habe ich den Test als Sonder-Cheerleaderin jetzt eigentlich bestanden oder noch nicht?«

»Aber ja doch süße Maus. Im Grunde wollte ich mich nur noch einmal ganz grob vergewissern. Denn dass du die beste Ficke weit und breit bist, stand für mich schon immer fest.«

Mit diesen Worten erhob er sich. Als er kurz darauf aus dem Bad zurückkehrte, grinste er über das ganze Gesicht.

»Beim nächsten Training bespreche ich die Sache einmal mit der Mannschaft und unserer Vereinsführung. Dem Meistertitel sind wir heute – denke ich – ein ganzes Stück näher gekommen.«

Ob er es wirklich ernst meinte, war ihm damals nicht anzusehen, sein breites Grinsen hätte man nämlich so oder so auslegen können. Allerdings entschied sich die Sache wenig später ganz von selbst, denn er ließ auf seine allzu vollmundigen Worte keine weiteren Taten folgen.

Als die Spieler aus der Pause zurückkehrten, glaubte ich meinen Augen nicht zu trauen. Erwartet hatte ich elf niedergeschlagene Gestalten, die sich mit hängendem Kopf und schlaffen Armen im Zeitlupentempo auf den Platz bewegten, da ihnen die gerade erst erhaltene Standpauke des Trainers noch tief in den Gliedern steckte.

Doch was sich mir bot, war ein ganz anderes Bild, um nicht zu sagen: das genaue Gegenteil davon. Freudestrahlend und lachend liefen sie in Richtung Anstoßpunkt. Sie waren kaum an der Mittellinie angekommen, da winkten sie mir bereits zu, zunächst mein Freund, der genau wusste, wo ich saß, und die anderen dann auch.

Als Frau neigt man manchmal dazu, Dinge zu sehr auf sich zu beziehen. Mein Freund konnte sich darüber immer sehr erheitern. »Wenn in zwei Kilometern Entfernung irgendwo ein Auto hupt, dann kann das in deiner Vorstellung nur dir gegolten haben, oder?«, meinte er einmal ziemlich ironisch und irgendwie auch fies zu mir. Um gleich darauf hinzuzufügen: »Wie fühlt man sich eigentlich als Sonne, um die sich alles andere zu drehen scheint?«

Unser damaliges Gespräch hatte mich veranlasst, ein wenig selbstkritischer mit mir umzugehen, und nicht jede Geste sofort und unhinterfragt als ausschließlich mir gegolten anzunehmen. Aus diesem Grund drehte ich mich zunächst vorsichtig um, als ich die anscheinend nur mir zuwinkenden Fußballer auf dem Spielfeld sah, doch es war niemand in der Nähe, der außer mir infrage kam.

Bei wichtigen, im Fernsehen ausgestrahlten Spielen hatte ich es mir zur Angewohnheit gemacht, einen kleinen Kurzwellenempfänger mitzunehmen, um vor Ort den Übertragungston des deutschen Fernsehkanals per Ohrknopf mitzuhören. Mir gab das ein Gefühl der Sicherheit, denn auf diese Weise gelangte ich manchmal viel schneller an wichtige Informationen, zum Beispiel ob die Verletzung eines Spielers nur leicht oder doch eher schwer war, wen der Schiedsrichter vom Platz gestellt hatte oder warum mal wieder Abseits gepfiffen worden war. Auch diesmal bewährte sich das Gerät. Denn während ich noch zögerte, ob die Winkerei tatsächlich mir galt und ich folglich baldmöglichst zurückwinken sollte, hörte ich den Moderator im Fernsehen schon sagen:

Ja gibt es denn das? Da liegen sie 2:0 im Halbfinale gegen Italien zurück, doch anstatt darüber zu sinnen, wie sie ihr Spiel in der zweiten Halbzeit verbessern können, tanzen, lachen und winken sie. Alle ihre Blicke scheinen auf einen Punkt auf der Tribüne gerichtet zu sein, als wenn dort jemand säße, dem ihre gesamte Aufmerksamkeit gilt. Ihr Trainer kann es nicht sein, denn der hat schon längst auf seiner Bank Platz genommen, doch Moment einmal, jetzt sehen wir es, jetzt endlich haben wir die Person groß im Bild: Es ist Francesca, eine der Spielerfrauen, und sie lächelt, ja sie lächelt ganz bezaubernd, und nun winkt sie auch noch zurück. Meine Damen und Herren, von unserer Position aus können wir Ihnen leider nicht sagen, was der Grund dieser doch recht ungewöhnlichen Kommunikation zwischen der gesamten deutschen Nationalmannschaft und einer einzelnen Spielerfrau ist. Wir wissen es nicht. Denkbar ist, dass sie heute Geburtstag hat, und man ihr auf diese Weise gratulieren möchte. Ja kann es einen schöneren Geburtstagsgruß geben, als den, den wir gerade miterleben durften? Ich denke kaum. Freuen wir uns also mit Francesca. Und lasst uns zugleich hoffen, dass das gemeinsame Grüßen und Winken unsere Mannschaft wieder ein wenig stärker gefestigt und zusammengeschweißt hat. Gebrauchen könnte sie es nach den völlig verkorksten ersten fünfundvierzig Minuten jedenfalls sehr gut.

Glücklicherweise sah man mir unter meinem Panamahut, den ich aufgrund der großen Hitze trug, nicht an, wie rot ich in der Zwischenzeit geworden war. Es wäre mir peinlich gewesen, wie es im Grunde bereits der gesamte Vorfall war, auf den ich mir überhaupt keinen Reim bilden konnte.

Aber das spielte in den nächsten Minuten sowieso keine Rolle mehr, denn der Schiedsrichter pfiff die Partie bald darauf wieder an. Und was die Welt dann zu sehen bekam, löste allseits größtes Erstaunen aus: Es dauerte keine fünf Minuten, da stand es bereits 2:2. Die Jungs wirkten wie ausgewechselt. Mit temporeichem Angriffsfußball und brillanten Kombinationen wurde der Gegner regelrecht vorgeführt. Zum Schlusspfiff hieß es schließlich 5:2 – für uns natürlich. Ich war außer mir vor Freude, wie die meisten Zuschauer in meiner Nähe und unsere Spieler auf dem Platz natürlich ebenso.

Aufgeregt suchte ich meinen Freund und erschrak ein weiteres Mal. Ich erblickte ihn im Zentrum des Spielfeldes etwa in Höhe des Anspielpunktes, wie er mir erneut kräftig zuwinkte. Dabei machte er eine Armbewegung, als wollte er mir zu verstehen geben, dass ich jetzt sofort zu ihm in die Mannschaftsräume hinunterkommen sollte. Und wie zwischen ihm und seinen Mannschaftskollegen abgesprochen, schlossen sich die anderen Spieler seinen Bewegungen an. All dies ergab überhaupt keinen Sinn. Unwillkürlich drückte ich den Hörer meines Kurzwellenempfängers ein wenig tiefer ins Ohr. Was ich zu hören bekam, nahm mir fast den Atem.

Sehen Sie selbst, meine Damen und Herren, wie groß die Freude bei den Spielern der deutschen Mannschaft ist, wie ausgelassen diese jungen Männer sind. Immer wieder winken sie, doch zu welchem Zweck und für wen? Oh ja oh ja oh ja, es ist erneut die Spielerfrau Francesca, als wenn sie ihr sagen wollten, nun lasst uns gemeinsam zur Feier des Tages, zu deinem Geburtstag und zu unserem grandiosen – ach historischen Sieg anstoßen. Komm Francesca, komm zu uns hinunter und feiere mit uns, denn du hast uns heute Glück gebracht mit deinem Geburtstag und deinem bezaubernden Lächeln. Ja, meine Damen und Herren, ich kann es mir redlich vorstellen, welche Frau möchte jetzt nicht in Francescas Haut stecken und zu diesem historischen Sieg zusammen mit der gesamten deutschen Nationalmannschaft anstoßen und den eigenen Geburtstag feiern? Doch seien Sie bitte nicht zu neidisch zu Hause an den Bildschirmen, gönnen Sie es ihr, denn es war ihr bezauberndes Lächeln, das unsere Jungs beflügelt hat. Und schauen Sie, Francesca winkt endlich zurück, sie scheint die Aufforderung der Spieler verstanden zu haben. Und sie lächelt, sie lächelt wieder! Ist es nicht wundervoll dieses Lächeln, das bereits nach der Halbzeitpause eine ganze Mannschaft verzauberte? Und jetzt, meine Damen und Herren, erhebt sie sich schließlich, macht sich hüftschwingend auf den Weg zu unseren Jungs. Lasst uns ihr verträumt nachblicken, wie sie die Treppen hinabsteigt und in den Katakomben des Stadions in Richtung Spielerkabine davonschwebt. Freuen wir uns mit den Spielern und mit ihr.

Als mich mein Freund mit der wenig Sinn gebenden Bemerkung »komm, wir haben zu feiern, und dafür brauchen wir dich« in die Spielerkabine schob, standen einige der Jungs bereits unter der Dusche, andere liefen halb oder ganz nackt durch den Raum. Mir war das alles sehr peinlich, sodass ich mich eng und Hilfe suchend an meinen Freund schmiegte. Doch der nutzte meine Schwäche schamlos aus. Machtvoll legte er einen Arm um meine Schultern, während er mit der anderen den Reißverschluss meines Sommerkleides öffnete. Fast schwerelos fiel das stoffliche Nichts zu Boden. Verzweifelt legte ich meine

Hände vor meine Brüste, um meine plötzliche und unerwartete
Blöße zu bedecken.

»Nun hab dich nicht so, Francesca. Schau mal, die anderen
haben zum Teil noch weniger an als du und machen auch kein
solches Gezeter«, hörte ich meinen Freund knapp hinter mir
sagen, um gleich darauf meine Arme gegen meinen erbitterten,
doch letztlich völlig wirkungslosen Widerstand von den Hand-
gelenken her hinter meinen Rücken zu schieben. Nun präsentierte ich mich den Männern in meiner ganzen Pracht. Ich
spürte, wie sich alle Augen zugleich auf mich richteten, die
meisten davon ganz gezielt auf meine Brüste. Ein bewundern-
des Raunen ging durch den Raum.

Gemächlichen Schrittes bewegte sich einer der Jungs, den
ich aufgrund seiner ungezwungenen Art von allen am Liebsten
mochte, auf mich zu, fasste kurz an die Krempen meines
Panamahuts und sagte unter dem reichlichen Gelächter der
Umstehenden:

»You can leave your hat on.« Das war es also, was er zu
meiner wenig komfortablen Situation anzumerken hatte!

Ich schaute ihn mit einer Mischung aus Verlegenheit und
Empörung an, als sich seine Hände überall an meinem nackten
Körper zu schaffen machten, bis sie schließlich meine Brüste
erfassten und sie wie voll gefüllte Badeschwämme zu kneten
begannen.

»Du hast echt klasse Bälle«, fasste er das Ergebnis seiner
recht eingehenden Glockenprüfung zusammen. Und dann zu
meinem Freund gewandt: »Damit lässt sich was anfangen. Ist
ein guter Deal, die Kleine ist heiß.«

Mit einer raschen, energischen Bewegung schob er mir
meinen Slip zur Hälfte der Oberschenkel hinunter. Es gab ein
krachendes Geräusch, als er unter seinen Händen zerriss.

»Der würde dir hinterher sowieso nichts nützen, die dünnen
Dinger nehmen kaum Flüssigkeit auf«, waren seine wenig
beruhigenden Worte.

In diesem Augenblick unterbrach mein Freund das Geschehen.

»Hört mal Jungs, ich muss mit dem Trainer dringend in die Pressekonferenz, da draußen laufen die Journalisten schon wie Wölfe herum. Vielleicht kann mir mal jemand ihre Arme abnehmen.« Er hatte noch nicht ganz zu Ende gesprochen, da spürte ich bereits die Pranken eines unserer Torhüter in meinem Rücken.

»Ihr wisst, dass ihr alles mit ihr anstellen dürft. Sie hat leicht erregbare Möpse, eine äußerst belastbare und orgasmusfreudige Muschi, einen anschmiegsamen Hintereingang und eine gut trainierte Kehle, die praktisch jede Größe aufnimmt. Wenn ihr wollt, könnt ihr direkt in ihren Bauch spritzen. Doch übertreibt es bitte nicht und lasst noch ein bisschen an ihr dran«, zwinkerte er der Mannschaft zu.

»Wenn du willst, können wir auch ein bisschen an sie anbauen«, meinte derjenige, der noch immer die Fetzen meines Slips in den Händen hielt. Sanft streichelte er meinen Bauch.

»Das wird euch nicht gelingen, so penibel, wie sie die Pille nimmt«, lachte mein Freund. Zärtlich küsste er mich auf den Mund.

»Schatz, ich muss jetzt dringend weg. Doch glaub mir, bei den Jungs bist du bestens aufgehoben, für sie lege ich meine Hand ins Feuer. Und außerdem überlegst du ja schon länger, was so eine Vereins-Cheerleaderin alles drauf haben müsste. Nun bekommst du von den Besten der Besten gezeigt, wie es ist, eine Bundes-Cheerleaderin zu sein. Ich hab' dich lieb. Und enttäusche mich bitte nicht. Gib alles, was du hast und kannst, klar? Die Jungs haben es sich heute redlich verdient.«

Zärtlich erwiderte ich seinen Kuss. Allerdings antwortete ich nicht auf seine Bitte, um es den Männern nicht von vornherein zu leicht zu machen. Denen schien das jedoch alles ziemlich egal zu sein, denn noch während mein Freund und ich uns küssten, spürte ich, wie derjenige, der mir den Slip zerrissen hatte und der noch immer ziemlich dicht vor mir stand, mehrere Finger genussvoll in meine feuchte Muschi schob.

»Du Schwein!«, versuchte ich ihm wenigstens verbal ein wenig Widerstand entgegenzubringen, zumal mein Freund in der Zwischenzeit den Mannschaftsraum verlassen hatte und ich mit den Jungs ganz allein war.

Spöttisch grinsend blickte er aus der Position des körperlich Überlegenen auf mich hinab.

»Warum sollte ich ein Schwein sein? Nur, weil ich dich jetzt besteigen werde?«

»Ja, klar. Nomen est omen. Und weil du mir die ganze Zeit so dreist an den Busen gehst!«

»Na hör mal, die Bälle sind rund, und die nächste Frau ist immer die geilste. Hat dir das dein Freund noch nicht erklärt?«

»Natürlich nicht«, empörte ich mich. »Er ist mir nämlich absolut treu! Er würde nie hinter meinem Rücken mit einer anderen Frau rummachen, mit einer Spielerfrau schon gar nicht.«

Der Umkleideraum erbebte förmlich, so laut war das Lachen der Männer. Ich befürchte, der Trainer könnte es mitbekommen haben und schon bald mit erheiterter, eventuell aber auch sorgenvoller Miene zur Tür hineinschauen. Was im Übrigen durchaus angebracht gewesen wäre, denn immerhin befand ich mich in der Gewalt seiner Jungs und damit als Frau in allergrößter Not. Ich war mir fast sicher, dass er sich sofort schützend vor mich geworfen hätte, so wie das ein Löwe in einer vergleichbaren Situation bei seinen Weibchen auch tut.

»Außerdem bist du ein Schwein, weil du schon länger auf mich scharf bist. So etwas ziemt sich bei der Freundin eines Mannschaftskollegen nicht«, legte ich noch etwas nach.

Der Raum erbebte ein weiteres Mal.

»Und woher willst du das wissen? Hat er es dir gesagt?«
Energisch zwirbelte er meine Nippel, als wollte er eine Antwort
erzwingen.

»Musste er nicht. Eine Frau merkt so etwas!«

Seine spöttischen Augen blickten auf mich herab, als sei ich
eine Fünfjährige, die ihm gerade den Ball abzunehmen versuchte.

»Ha ha, dann hättest du aber noch viel mehr merken müssen, Sweety. Hier sind nämlich *alle* ganz heiß auf dich, und
zwar schon länger und ohne jede Ausnahme. Spätestens seitdem
du im Trainingslager meintest, eine Kugel Vanilleeis völlig
arglos in deinen wie üblich allzu offenherzigen Ausschnitt
fallen lassen zu können und die Überreste dann mit den Fingern
aufzunehmen und tief im Mund abzuschlecken, stehst du bei
uns ganz oben auf der Transferliste. Und als wir von deinem
Freund noch die ganzen anderen Sachen hörten ...«

»Was für andere Sachen? Hat er wieder etwas Gemeines
über mich erzählt, der Schuft?« Empört stemmte ich die Fäuste
in die Hüften, ohne damit allerdings größeren Eindruck zu
hinterlassen, da er zugleich völlig gelassen in meinen Schritt
fasste und mehrere Finger in meine längst klatschnasse Möse
bohrte.

Amüsiert zwinkerte er mir zu. »Kommt noch! Jedenfalls hat
es deswegen heute so gut geklappt.«

»Was hat heute so gut geklappt?« Ich entschied mich, meinen Widerstand vorerst beizubehalten und die Fäuste dort zu
belassen, wo sie waren.

Bedächtig tätschelte er meine Po-Backen. »Nun, dein
Freund hat uns schon häufiger gesteckt, dass seine kleine
Francesca gerne einmal die Super-Cheerleaderin in seinem
Verein sein möchte, damit auch er endlich Deutscher Meister
wird. Als wenn das so einfach wäre und wir nicht bei der
Titelvergabe noch ein gehöriges Wörtchen mitzureden hätten!
Jedenfalls scheint sich in seinem Klub niemand so richtig für
den Vorschlag interessiert zu haben, ich weiß auch nicht, woran

es gelegen haben könnte. Ob die dort jetzt alle schwul geworden sind und mit Frauen nichts mehr am Hut haben wollen?
Wäre denkbar, so mädchenhaft und grottenschlecht, wie die
manchmal spielen. Dafür haben *wir* allerdings umso genauer
hingehört. Und heute vor dem Spiel sind wir übereingekommen,
ihm mal ein bisschen auf den Zahn zu fühlen. Vielleicht geht da
ja hinterher mit seiner Francesca noch was, war unser Gedanke.«

»Vor dem Spiel? Sagtest du wirklich ›vor dem Spiel‹?« Irritiert schaute ich ihn an, doch er blieb völlig gelassen.

»Ja klar. Meinst du ernsthaft, wir würden unter normalen
Bedingungen zur Halbzeit mit zwei Toren gegen Italien zurück-
liegen? Gegen diese Stümper? Nicht im Leben! Wenn wir alle
verletzt wären und nur mit der B-Mannschaft auflaufen könnten
und selbst die auf Krücken, dann vielleicht ja, aber nicht wenn
es regulär zugeht. Dann putzen wir die einfach weg. Und was
glaubst du, warum es am Ende nur 5:2 für uns hieß? Weil wir
hinterher noch etwas Wichtiges zu erledigen hatten und nicht
gleich alle Körner verbrauchen wollten. Du wirst es noch
sehen.«

Ich holte tief Luft. »Das heißt, ihr habt absichtlich schlecht
gespielt?«

»Ja klar. Anders wäre das mit deinem Freund doch nicht
gelaufen. In der Pause habe ich ihn gefragt, ob er uns helfen
könnte, die Italiener vom Platz zu fegen. Als Dank dafür
würden wir ihm seine kleine Francesca unmittelbar nach dem
Spiel komplett rundumerneuern. Ob wir einen Deal hätten? Wie
es für einen echten Sportsmann nicht anders zu erwarten war,
zögerte er keine einzige Sekunde. Ganz im Gegenteil: Er
klopfte mir brüderlich auf die Schultern und meinte, Francesca
könnte ohnehin mal ein bisschen Erziehung gebrauchen, in der
letzten Zeit sei sie ungewöhnlich frech gewesen. Und seien wir
mal ehrlich: Welcher deutsche Mann würde seine Freundin oder
Ehefrau nicht freudig im Austausch für einen Sieg der Nationalmannschaft gegen Italien im Halbfinale eines großen Fuß-
ballturniers zur Verfügung stellen? Selbst wenn das Angebot

von Mephisto höchstpersönlich käme, würde niemand ernsthaft zögern.«

Erneut drang er mit mehreren Fingern in meine Muschi ein, um seinen Ausführungen mehr Tiefe zu verleihen.

»Fußball ist letztlich viel wichtiger als Frauen. Ideal ist es allerdings, wenn beide zusammenkommen, dann sind sie ein unschlagbares Team. So wie heute.«

Energisch schüttelte ich den Kopf. »Boah, und ich Esel habe mir in der Pause noch Sorgen um euch gemacht, habe mit euch gelitten, wie ihr die Standpauken des Trainers über euch ergehen lassen musstet. Und ihr Schweine hattet nur eins im Sinn: Schlecht zu spielen, um mir nach dem Spiel an die Wäsche zu gehen«, brach es halb stöhnend, halb empört aus mir heraus.

»Als wenn es nur um die Wäsche ginge! Komm Sweety, entspann dich. Wehren kannst du dich jetzt sowieso nicht mehr. Und keine Angst: Wir wollen uns nur das holen, was uns in der Pause von deinem Freund versprochen wurde, nämlich die ganze Frau. Deal ist Deal und fair bleibt fair, okay?«

Mit einem festen Zangengriff um meine Taille nahm er mich wie eine Spielzeugpuppe hoch und setzte mich unvermittelt auf seinem riesigen erigierten Penis ab. Ich war durch seine vorangegangene Ansprache und Fingerattacke noch so feucht und geweitet, dass er problemlos in mich eindringen konnte, was glücklicherweise ohne weitere respektlose Kommentare geschah. Mit beiden Händen stützte er mich unter meinem Gesäß ab. Um ausreichend Halt zu finden, schlang ich meine Arme um seinen durchtrainierten und Kopfball-gestärkten Fußballernacken. Gleich darauf legte er los. Wild bewegten sich meine Brüste im Rhythmus seiner Stöße auf und ab. Er fickte genauso hart, wie ich es erahnt und befürchtet, vielleicht insgeheim aber auch erhofft hatte, jedenfalls kein bisschen weniger brutal als mein Freund, und sein Grinsen war sogar noch ein ganzes Stück dreister. Außerdem war er stärker gebaut. Für einen Moment befürchtete ich, er könnte mich mit seinem Schwanz pfählen.

Nachdem wir eine ganze Weile unter dem zunehmenden Johlen und Klatschen der anderen Jungs auf diese Weise geritten waren, entspannte ich mich wieder. Intensiv schauten wir uns in die Augen und küssten uns, so wie dies normalerweise nur Verliebte untereinander tun. Beim ersten Kuss nagte noch ein wenig das schlechte Gewissen an mir, doch dann erinnerte ich mich an das, was mir mein Freund aufgetragen hatte, und so ließ ich meiner Lust freien Lauf. Schon bald kam ich das erste Mal zum Höhepunkt. Kurz darauf befand ich mich bereits praktisch im Dauerorgasmus, was für viel Erheiterung bei den Umstehenden sorgte.

Als das Schwein das zweite Mal in mir abgespritzt hatte, warf es mich ziemlich ruppig auf die nächste Massageliege, wo mir von anderen – als hätten sie es bei einem ihrer Seminare trainiert – die Beine geöffnet und gespreizt wurden. Sofort drang ein anderer Spieler ohne Mühen in mich ein und legte los: kein bisschen lahm dabei. Noch ganz benommen von den vielen Orgasmen davor schloss ich verträumt die Augen. Ich hoffte auf diese Weise all das, was sie mit mir anzustellen gedachten, noch intensiver erleben zu können.

Auf meinen Brüsten spürte ich die Konturen zweier Schwänze, deren Eigentümer rechts und links seitlich von mir standen. Erst schlugen sie ein paar Mal mit ihren kräftigen Ruten auf meine Nippel, dann entluden sie sich nacheinander, teilweise auf meinen Möpsen, zum Teil in meinem Gesicht. Kaum hatten sie sich zurückgezogen, wurde mir ein regelrechter Monsterschwanz in meinen vor Lust weit geöffneten Mund gedrückt. Mein Gott war der vielleicht groß! Millimeterweise schob er sich tiefer in meinen Schlund, dann ein Stück zurück und gleich darauf wieder vor. So ging das eine ganze Weile hin und her, bis ich seinen Eigentümer über mir laut Stöhnen hörte. Boa! Boa! Boa! Peng machte es nur, als mir seine Sahne mit voller Wucht gegen den Gaumen schlug. Der Druck, aber auch die schiere Menge seiner Entladung waren überwältigend.

In der Zwischenzeit hatte mein aktueller Ficker in mir abgespritzt und meine Muschi einem anderem übergeben. Der jedoch drang nicht in mich ein, sondern hockte sich vor meine gespreizte Vulva und begann sie zu lecken. Ein wenig ärgerte ich mich darüber, dass mein Freund mich nicht auf eine solche Möglichkeit vorbereitet hatte. Ich zermarterte mir das Gehirn, wer es sein könnte. »Lecken ist Oralverkehr wie Blasen«, sagte ich zu mir, »also kann es gemäß dem bislang Gelernten nur der Schiri sein, doch der ist nicht im Raum, denn das hätte ich garantiert gemerkt.« Fieberhaft überlegte ich weiter. »Vielleicht ist es ein schwules Mannschaftsmitglied, das sich an der Sahne seiner Kollegen laben möchte«, ging es mir durch den Kopf. »Doch würde er dermaßen versiert und leidenschaftlich die Muschi einer Frau lecken?« Ich konnte es mir beim besten Willen nicht vorstellen. Und in der Tat sprach das Folgegeschehen ganz dagegen, denn im nächsten Augenblick schob er mir zwei Finger in die Möse, mit denen er sich äußerst geschickt und erfahren an meinem G-Punkt zu schaffen machte.

»Ich zeige euch mal, wie man eine solche süße Öse leckt«, hörte ich ihn zu den anderen sagen. »Ich möchte wetten, dass ich die kleine Sau gleich noch zum Abspritzen bekomme, bei meiner Freundin klappt es jedenfalls jedes Mal. Sie sträubt sich zwar immer zu Beginn dagegen, denn angeblich schämt sie sich dafür, doch seit wir es täglich machen, kenne ich genau die Stellschrauben, um sie in Nullkommanichts dazu zu bringen. Es ist eine wunderbare Sache, bei einer Frau Körperreaktionen hervorzurufen, gegen die sie willentlich nichts machen kann. Ihr werdet es erleben.«

Er hatte nicht zu viel versprochen, denn anscheinend verstand er es, mit der Klitoris einer Frau und ihrem G-Punkt genauso professionell und durchschlagskräftig umzugehen, wie mit dem Ball auf dem Spielfeld. Gegen den kombinierten Angriff seiner Zunge auf meinen Kitzler und seinen Fingern auf meinen G-Punkt war ich an dem Tag genauso machtlos, wie der italienische Torhüter gegen die Sturmwellen des deutschen Angriffs in der zweiten Halbzeit. Urplötzlich verspürte ich einen leicht pulsierenden, süßlichen Schmerz in meinem

Unterleib, der sich mit jeder seiner Bewegungen mehr und mehr verstärkte und schließlich zu ausgewachsenen Kontraktionen ausbildete. Wenige Augenblicke später explodierte ich. Für Sekunden verlor ich gar das Bewusstsein. Als ich wieder zu mir kam, führten sich die Männer auf, als hätten sie gerade drei Tore auf einen Streich geschossen. Auch waren meine Oberschenkel bedenklich nass.

»Komm, hebt sie an, dann zeige ich euch, worauf ihr bei so etwas achten müsst«, meinte der Cunnilingus-Experte der Mannschaft in die Runde.

Drei Spieler hoben mich für die nähere Begutachtung und weitere Unterrichtung an den Beinen und im Rücken an. Schon bald steckten mehrere, mich kraftvoll penetrierende Finger in meiner Scheide, während andere Hände meine Brüste, meinen Bauch und meine Vulva streichelten.

In aller Ruhe teilten sie meine inneren und äußeren Schamlippen und machten bewertende oder gar schmutzige Bemerkungen über sie. Einer fand meine Labien viel zu groß, ein anderer als geradezu ideal, um sie mehrfach beringen zu können.

»Solche Schamlippen blieben bei keiner meiner Freundinnen länger als zwei Wochen unbehandelt. Unberingte Schamlippen gehören sich für meine Mädchen nicht«, hörte ich ihn sagen.

Immer wieder tauchten neue Finger in meine Spalte ein, um sich auf die verzweifelte Suche nach dem G-Punkt zu machen. Durch ihr Tun weitete sich meine nasse und samendurchtränkte Öffnung schließlich so sehr, dass den Umstehenden tiefe Einblicke in deren Innenleben gewährt wurden.

Wohlwollend tätschelte der Cunnilingus-Experte meine Brüste und streichelte mir durchs Haar.

»Sie dürfte jetzt so offen sein, dass wir sie doppelvaginal nehmen können. Bestimmt wird er sich in den nächsten Tagen mächtig wundern, wie weit sie auf einmal geworden ist, wenn er sich mit ihr allein vergnügen möchte.«

»Ja, das hättest du wohl gerne«, schmunzelte ich in mich hinein. »Ich muss nur einen ganzen Tag mit den Liebeskugeln unterwegs sein, und meine Möse ist wieder so eng und fit, wie die einer 15-Jährigen! Meinem Freund nehmt ihr mit eurem Treiben absolut nichts weg, ganz im Gegenteil!«

Nachdem ich zwei unmittelbar aufeinanderfolgende Doppelpackungen der Spieler schadlos überstanden hatte, trat ein Neuer zu mir und machte ausnahmsweise wieder alles mit der Hand. Großartig anstrengen musste er sich nicht, denn schon bald war ich dort, wo er mich haben wollte. Der nächste legte sich äußerst besitzergreifend auf mich, fast wie eine Hummel auf die Blüte bei der Bestäubung. Er hatte seinen Stängel noch nicht ganz in mir untergebracht, da kam ich erneut.

»Na du bist ja vielleicht eine Hure. Da steckt man sein Ding nur ganz kurz in dich rein, und schon gehst du ab wie Schmidts Katze. Hast wohl lange keinen vernünftigen Schwanz mehr abgekriegt, oder?«

Ein weiterer ließ mich zunächst seinen riesigen Riemen minutenlang anfassen, anhimmeln und anbeten. »Du sollst neben ihm keine anderen Götzen haben«, ermahnte er mich eindringlich. Geschickt wie Super Mario fickte er mich fast um den Verstand. Der nächste vögelte dermaßen hochfrequent und hart, als wollte er meine Möse zum Schmelzen bringen.

Schließlich kam einer, dessen Po ich schon immer ganz doll fand. Millimeter für Millimeter trieb er seinen riesigen Hammer in mir vor, bis er schließlich in einer Weise loslegte, als ginge es darum, Sieger beim ›Hau den Lukas‹ zu werden. Und auch ein weiterer kannte kein Erbarmen mit mir, nachdem er seinen gewaltigen Dosenöffner in der Tiefe meines Unterleibs versenkt hatte. »Merde, beackert der vielleicht das längst mehrfach bestellte Feld!«, musste ich bewundernd anerkennen.

Und so kam einer nach dem anderen, drang in mich ein und besudelte mich, während weitere Spieler meine Beine und Arme spreizten und festhielten und mit meinen Brüsten, den Achseln und dem Bauchnabel spielten. Ein nächster packte mich an den Haaren, führte sein steifes Glied in meinen Mund und trieb es dort genauso energisch und hart in mir, wie man es zugleich in meiner Vagina vollführte. Hände, die mir fremd waren, griffen nach meinen Brüsten, als handelte es sich um billige Ware auf einem Grabbeltisch. Mehr und mehr erregte mich das Treiben der Männer. Sie waren gut, die Jungs. Und sie waren vor allem in der Offensive spitze, womit ich aber bestimmt nichts Neues verrate.

Mit der Zeit stellte sich ein mir bis dahin völlig unbekanntes Gefühl der absoluten Hingabe ein. Ich lag nackt und schutzlos vor den Männern, wurde von ihnen nach Belieben angefasst, genommen und besudelt, was ich jedoch, ganz gleich wo sich ihre Hände und Glieder gerade zu schaffen machten, aufgrund der Übereinkunft, die sie mit meinem Freund getroffen hatten, widerstandslos hinnahm. Schon bald befand ich mich in einem nahezu rauschartigen Zustand und dermaßen in Trance, dass ich mir tatsächlich wie die ganz besondere Cheerleaderin der Nationalmannschaft vorkam.

Exakt in diesem Moment öffnete sich die Tür und mein Freund kehrte aus der Pressekonferenz zurück. Zärtlich streichelte er mein Haar, als er zufrieden feststellte, dass ich zwar recht mitgenommen wirkte, doch immer noch recht guter Dinge war. Liebevoll küsste er meinen Spermamund.

»Jungs, draußen ist voll die Hölle los. Die wollen euch gleich möglichst alle in der Pressekonferenz sehen, weswegen ihr hier langsam mal zu Ende kommen solltet. Außerdem will ich sie morgen nicht erst noch in ein Sanatorium einliefern müssen, um irgendwann mal wieder Spaß mit ihr haben zu können.

Ich mache euch deshalb einen Vorschlag. Wir stellen sie unter eine weit aufgedrehte warme Dusche, den Oberkörper gestreckt nach vorne gebeugt und mit den flachen Händen an die Wand gestützt, und dann darf sie jeder – mich eingeschlossen – noch genau einmal haben, entweder in ihrer Fotze oder im Arsch. Die Wahl ist bei euch. Wir positionieren sie so, dass sie nicht sehen kann, wer sich gerade in ihr vergnügt. Anschließend spülen die Torhüter sie gründlich ab und rubbeln sie mit vereinten Kräften und unseren Saunatüchern in den Deutschlandfarben trocken.

Und während ihr euch danach schon zu den Journalisten begebt, helfe ich ihr dabei, wieder halbwegs passabel ins normale Leben zurückzufinden. Okay?«

»Und wie erklären wir der Presse unser Winken von vorhin?«, wollte einer der Jungs wissen.

»Genau so, wie ich es gerade eben getan habe«, antwortete mein Freund in aller Seelenruhe. »Ich habe ihnen erzählt, dass wir in der Halbzeitpause zunächst alle sehr geknickt waren, ich ganz besonders, denn ich wollte mich nach dem Spiel eigentlich noch mit Francesca verloben und ihr dabei unseren Sieg widmen. In dem Moment sei ein regelrechter Ruck durch die Mannschaft gegangen: Einer nach dem anderen hätte mir auf die Schultern geklopft und gemeint: ›Mach dir mal keine Sorgen. Da geht noch was!‹ In dem Moment sei mir endgültig klar geworden, welch unglaublich tolles Team diese Mannschaft ist, so meine Worte vor den Pressefutzis: ›Da steht wirklich jeder für jeden ein, Mann für Mann!‹«

Wie elektrisiert richtete ich mich auf. »Und hattest du vor, wenigstens diesen Teil der Geschichte ehrlich durchzuziehen, oder sollte wieder einmal alles nur gelogen sein?« Mein sorgenvolles Stirnrunzeln war nicht zu übersehen.

»Schatz, wenn du deinerseits alles ehrlich bis zum Schluss durchziehst, hast du mein Wort.« Sein Grinsen hätte kaum dreister sein können.

Leichtfüßig wie eine Ballerina sprang ich auf und gab ihm einen flüchtigen Kuss auf den Mund. Fast schwerelos schwebte ich zur Dusche und drehte den Wasserhahn auf. »Nun kommt schon Jungs. Wer will noch mal, wer hat noch nicht?«

Was soll ich sagen: Wir gewannen natürlich ganz überlegen den Titel und zwei Jahre später auch noch die Weltmeisterschaft in

Brasilien. Im Endspiel schlugen wir Spanien mit 11:0. Die Gegner hatten ein lateinamerikanisches Pop-Sternchen, wir mich.

Für seine Verdienste um den deutschen Fußball und das Ansehen Deutschlands in der Welt verlieh man meinem Freund ein knappes halbes Jahr später das Verdienstkreuz am Bande und mir immerhin noch das Verdienstkreuz erster Klasse. Der Bundespräsident soll sofort zugestimmt haben, als er meinen Namen hörte.

Vorgeschlagen wurde ich ausgerechnet von dem, den ich mal ein Schwein genannt hatte, weil er mich als Erster besteigen wollte und dies dann auch am Häufigsten tat. Angeblich hätte ich den Jungs nach den Spielen stets den Rücken freigehalten und auch für ein hervorragendes Klima und blindes Verständnis innerhalb der Mannschaft gesorgt, so seine Begründung. Nun, ihre Vorderseite war es ganz gewiss nicht.

Allerdings hatte ich mir mit meinen selbstlosen Einsätzen für Deutschland und die Fußballnationalelf nicht nur Freunde gemacht. Beispielsweise war ich für die anderen Spielerfrauen – mit einigen wenigen Ausnahmen wie Sarah – seit einiger Zeit nur noch ›die Schlampe‹ oder mit zunehmender Tendenz auch ›die Nutte‹. Keine Ahnung, welche Laus ihnen dabei über die Leber gelaufen war. Statt mir ein wenig bei meinen Trainingsstunden und den Nach-dem-Spiel-Partys mit den Jungs zur Seite zu stehen oder gar unter die Arme zu greifen, schienen sie sich mehr und mehr aufs Zicken verlegt zu haben: Zicken statt Ficken war ganz offenkundig ihre Devise. Und auch vonseiten der Frauen-Nationalmannschaft schlug mir überwiegend Neid entgegen.

»Vielleicht solltest du dich auch bei denen gelegentlich einmal in der Kabine blicken lassen«, meinte vor einiger Zeit mein Freund dazu. »Aber lass mal, das würde vermutlich sowieso nicht gut gehen. Männer kann man relativ gut einschätzen, die haben sich irgendwann ausgefickt und dann ist es auch genug. Frauen hingegen kennen kaum Grenzen. Da müsste ich mir regelmäßig Sorgen machen, ob ich dich hinterher wieder halbwegs ordentlich zurückbekomme. Und wer weiß: Vielleicht heiraten Prinz und Prinzessin am Ende noch. Unabhängig davon ist es für das gesellschaftliche Männer-Image natürlich viel besser, wenn wir alle Titel holen und die Frauen keinen.«

»Wieso holt ihr die Titel, ist das nicht eher eine Frau, die das erledigt?«, erwiderte ich resigniert. Dabei beließ ich es an diesem Abend bewenden, zumal ich keine Lust verspürte, mich vor dem Schmusen noch mit ihm zu streiten.

Bei meiner Verdienstkreuzverleihung gab es zunächst sehr viel Zuspruch von einer Bundesministerin, die mein mutiges Hinwegsetzen über gängige Rollendikate als geradezu vorbildlich und richtungsweisend für die moderne Frau bezeichnete. Die Laudatio hielt anschließend ein bekannter deutscher Philosoph, ein studierter Schönling mit samtweichem, prächtig langem Haar, den mal eine Bücherfrau im Fernsehen aufgetan hatte. Ich hätte mit meinem Verhalten bewiesen, dass Geld nicht alles im Leben sei und selbst Fußballprofis durch eine gute Betreuung, Werte, ein angenehmes Klima, Wärme und Zuneigung viel stärker motiviert werden könnten, als durch überzogene Prämien, so eine seiner kühnsten Thesen. Indirekt hätte ich damit auch einen Ausweg aus der Finanzkrise gewiesen, was man heute nicht hoch genug einschätzen könnte, führte er mit eloquent vorgetragenen Worten weiter aus: Menschen suchten vor allem Anerkennung und Liebe, und nicht immer nur mehr und mehr und mehr.

Ich wusste überhaupt nicht, wovon der sprach. Von mir wollten die Jungs nämlich ständig mehr. Was glaubte der denn, was ich denen für den 11:0 Endspielsieg alles versprechen musste?

Mein Freund saß bei der Rede direkt neben mir und raunte mir zu:»Beruhige dich wieder, Francesca! Der sagt das nur, weil er dich ins Bett kriegen will!«

Mag sein. Doch mit dem nicht! Ich habe das nämlich alles nur für die Jungs, König Fußball, Queen Angie und unser

Vaterland getan! Ich bin doch keine Nutte, die für jeden zu haben ist!

# Analsex gegen Oralsex

Auf Empfehlung einer sehr guten gemeinsamen Freundin hatten Greta und Pia ihren diesjährigen Sommerurlaub bei einem Berliner Spezialreiseveranstalter für schwul-lesbische Events gebucht. Ihr Geheimtipp war ein ganz besonderes Angebot in der Karibik.

»Du da geht total der Punk ab, den ganzen Tag über Sonne, Sand, Meer und Party, ihr glaubt es echt nicht«, war sie aus dem Schwärmen nicht mehr herausgekommen. »Überhaupt nicht so, wie auf den öden Hetenveranstaltungen, wo du dich die ganze Zeit vor baggernden Männern und Beschützern besonders süßer Fotzen in acht nehmen musst.« Sie atmete tief ein, um einer neuerlichen schweren Enttäuschung Ausdruck zu verleihen.

»Erst gestern im Neon erblickte ich ein unglaublich süßes Kind in einem superknappen schwarzen Lederrock. Ich bin natürlich gleich zu ihr hin, um zunächst einmal die Situation zu checken. Doch kaum hatte ich die Hand zwischen ihren Schenkeln und auf ihrer Klit, da tauchte wie aus dem Nichts ein Schrank von einem Kerl auf, und machte mich dermaßen blöde von der Seite an, als hätte ich irgendetwas Schlimmes verbrochen!« Sie holte ein weiteres Mal tief Luft und seufzte. »So macht es wirklich keinen Spaß.« Um gleich darauf verträumt zu lächeln. »Ganz anders als auf den Partybooten in der Karibik. Also ich sage es euch!« Genießerisch schnalzte sie mit der Zunge.

Schon am dritten Tag ihres Urlaubs stand ein optionaler Schiffsausflug zu einem malerischen Korallenriff an, das nicht nur aufgrund seines Fischreichtums, sondern vor allem auch für ein unter Wasser recht leicht erreichbares Wrack einer spanischen Galeone aus dem 17. Jahrhundert weithin bekannt war. Obwohl sich Pia eigentlich überhaupt nichts aus Tauchen, Unterwasserfotografie und Fische fangen machte, war sie aus Liebe zu ihrer Freundin mitgekommen, denn schließlich wurde aus Sicherheitsgründen immer mindestens zu zweit getaucht.

Allein hätte Greta das versunkene Wrack somit erst gar nicht erreichen können, was für sie sehr enttäuschend gewesen wäre, denn insgeheim hatte sie darauf spekuliert, mit ihrer erst kurz vor dem Urlaub in Berlin neu erstandenen Unterwasserkamera speziell von diesem Objekt ein paar sehr aufregende Erinnerungsfotos schießen zu können.

Da Greta und Pia das allerletzte Tauchzeitfenster per Los zugewiesen bekommen hatten, mussten sie bis zum späten Nachmittag warten, bis sie schließlich an der Reihe waren. Doch dazu kam es nicht mehr, denn Pia hatte längst viel zu viel Party gemacht und Alkohol getrunken, um mit ihr noch in die Tiefe hinabsteigen zu können.

»Außerdem weißt du ja, dass mich Fische und alte Wracks nicht die Bohne interessieren«, kam es in einem leicht lallenden Tonfall aus ihr heraus.

»Aber Pia, was mache ich denn jetzt bloß?« Gretas Enttäuschung war ihr anzusehen. »Die lassen uns aus Sicherheitsgründen nur zu zweit hinunter, was ich im Übrigen auch sehr sinnvoll finde. Ohne dich kann ich weder zum Riff, zu den Fischen noch zum Wrack, und folglich auch keine Fotos machen. Verdammt!« Das Metall ihres Fußkettchen klingelte leise, als sie verärgert mit dem Ballen auf die Schiffsplanken trat.

Wie zur Beruhigung gab ihr Pia einen Caipirinha getränkten Kuss auf die Lippen.

»Nun hab dich mal nicht so, Süße, denn es ist längst Ersatz für mich da. Natürlich keine Frau, denn wer weiß, was da unten zwischen euch im Wrack abgehen würde. Vorsicht ist die Mutter der Porzellankiste, wie schon meine Oma sagte. Aber siehst du den sportlichen jungen Mann dort drüben? Vorhin beim Pokern ist er gegen mich restlos eingebrochen. Er hatte nicht die Spur einer Chance. Als ich ihm danach anbot, auf meinen Gewinn zu verzichten, wenn er im Gegenzug an meiner Stelle mit dir tauchen geht, hat er sogleich zugestimmt. Er heißt übrigens Jan, ist natürlich schwul, und sein Freund Rico ist ebenfalls auf dem Schiff. Was sagst du nun?« Pia lächelte auf eine Weise, wie es nur Betrunkene können.

»Na ja, mit dir wäre es mir zwar viel lieber gewesen, aber wer weiß? Fit sieht er jedenfalls aus, wenn ich mir so seine Muskelpakete betrachte. Vielleicht hat es auch sein Gutes, und wir können noch ein paar verwegenere Dinge versuchen, als es mit dir zusammen gegangen wäre«, kriegte sich Greta recht schnell wieder ein.

Als Greta und Jan nach etwa einer Stunde auftauchten, um ihre aktuelle Position zu überprüfen und die Lage über Wasser zu checken, verschlug es ihnen fast den Atem. Aus ihrer doch recht beträchtlichen Entfernung zum Schiff konnten sie nämlich beobachten, wie sich ein Piratenboot ihrem Ausflugsschiff mit hoher Geschwindigkeit näherte und es schließlich enterte.

»Nun lass nur ja deinen Kopf unten und gib keinen Ton von dir, denn mit diesen Leuten ist absolut nicht zu spaßen«, ermahnte Jan sie eindringlich. Wenig später vernahmen sie laute Stimmen, dann sogar Schüsse, bis sie schließlich mit ansehen mussten, wie der offensichtlich hingerichtete Kapitän ihres Bootes von den Piraten über Bord geworfen wurde. Gleich darauf hörten sie die Schiffsmotoren rumoren, und das Piraten- boot und ihr Ausflugsschiff machten sich zu ihrem beider Entsetzen Seite an Seite in Richtung Haiti auf den Weg - ohne Greta und ohne Jan.

»Mein Gott, die lassen uns hier ganz allein zurück. Was machen wir denn bloß?« Gretas Stimme klang verzweifelt.

Zu ihrer Beruhigung wirkte Jan noch immer recht gefasst.

»Greta, eine einfache Antwort kann ich dir leider auch nicht geben. Unsere Lage ist ernst, sehr ernst sogar. Doch wir sollten jetzt unbedingt kühlen Kopf bewahren. Der tote Kapitän wird vermutlich schon bald alle Haie in weitem Umkreis angezogen haben. Möglicherweise bekommen wir es dann auch noch mit denen zu tun. Wir sollten uns deshalb so schnell wie möglich von hier aus dem Staub machen, wenn man das im Wasser überhaupt so sagen kann. Vor dem Tauchen bin ich zur Sicherheit noch einmal sehr eingehend durch die Seekarten gegangen. Nach meiner Erinnerung – und wenn mich der Stand der Sonne nicht täuscht – dann dürfte in etwa zwölf Kilometern Entfernung eine unbewohnte, tropisch bewachsene Insel liegen, und zwar in etwa dort.« Er wies mit seiner Hand in die vermutete Richtung.

»Und wenn ich mich ganz lang strecke und versuche, fast wie ein Delfin aus dem Wasser zu springen, dann meine ich sogar, die Wipfel einiger Palmen in der Ferne verschwommen wahrnehmen zu können. Vegetation auf einer Insel ist in unserer aktuellen Lage absolut entscheidend, denn einerseits ist sie Schatten spendend, andererseits finden wir dort eventuell auch Nahrung und Wasser für die nächsten Tage. Wie auch immer, mir scheint dies unsere einzige Chance zu sein, denn alle anderen Inseln mit vergleichbaren Eigenschaften sind noch ein ganzes Stück weiter entfernt. Außerdem liegen in der anvisierten Richtung meines Erachtens keine weiteren Riffe, an denen wir uns verletzten könnten, zumal sich dort meist ziemlich viele Haie tummeln. Die Wasserströmung dürfte uns ebenfalls entgegenkommen, denn nach meiner Kenntnis würden wir auf dem Weg zur Insel von ihr ein wenig getragen werden. Meinst du, du könntest eine solch große Distanz überwinden.« Besorgt schaute er sie an.

»Du, das weiß ich leider nicht. Ich war zwar in der Schule immer sehr gut im Schwimmen, und du hast ja eben selbst gesehen, wie leicht und gerne ich mich im Wasser bewege, doch musste ich bislang nie solche Strecken schwimmen.« Ihr Blick wirkte unsicher und verängstigt.

Behutsam schlang er einen Arm um ihre Schultern. In diesem Augenblick war sie froh, an seiner Seite zu sein.

»Ich schon«, meinte er betont sicher. »Und ich halte noch immer den 10 km Streckenrekord in unserem Schwimmverein. Am Besten, du hältst dich direkt neben mir. Wenn du irgendwann absolut nicht mehr kannst, legst du dich einfach auf den Rücken, und dann werde ich versuchen, dich das letzte Stück zur Insel zu ziehen. Irgendwie schaffen wir das schon. Komm Greta, glaub an dich, dann wird es uns auch gelingen.«

Auf ihrer einsamen Insel fügten sie sich schon bald auf fast ideale Weise zu einem Team zusammen. So gelang es ihnen bereits am ersten Tag, ausreichend viele Früchte zu sammeln, um ihren Flüssigkeitsbedarf für gleich mehrere Tage decken zu können. Mit seinen während der Wehrdienstzeit erworbenen Kenntnissen entfachte er ein Feuer und sorgte zugleich für eine erste vorläufige Unterkunft, die er in den darauf folgenden Tagen weiter befestigte, schützte und absicherte, sodass sie vermutlich selbst einem normalen Unwetter standgehalten hätte.

In den Folgewochen etablierte sich bei ihnen so etwas wie die klassische sexuelle Arbeitsteilung: Er besorgte den Fisch, während sie die Früchte sammelte und die Speisen zubereitete, sofern dies mit ihren bescheidenen Mitteln überhaupt möglich war. Alle baulichen Maßnahmen, aber auch das Abernten von Kokosnüssen gehörten wiederum primär zu seinen Aufgaben. Mit der Zeit kehrte bei ihnen beinahe ein Alltagsleben ein, wenngleich es sie ständig plagte, nichts über den Verbleib ihrer Freunde und des Schiffes in Erfahrung bringen zu können und nicht zu wissen, ob man sie suchte oder sie vielleicht nie entdeckt und gerettet werden würden.

Eines Abends – sie hatten gerade köstliche, auf Stein gegrillte Langusten verspeist – kam sie auf sein Privatleben zu sprechen.

»Sag mal Jan, vermisst du deinen Freund eigentlich sehr?« Sie schaute ihm interessiert in die Augen.

Nachdenklich erwiderte er ihren Blick.

»Du, das kann ich gar nicht richtig sagen. Mein Leben auf der Insel ist jetzt so viel grundsätzlicher. Wir leben hier in der Natur und kämpfen jeden Tag um unsere Nahrungsversorgung. Auch das Wetter stellt ein Risiko dar. Sollte im Herbst ein Hurrikan über uns hinwegfegen, könnten wir von ihm einfach ins Meer gespült werden, niemand würde Notiz nehmen. Ich bin deshalb in den letzten Tagen schon ein wenig umhergezogen, um zu sehen, wo wir in einem solchen Fall Unterschlupf finden könnten. Aber um auf deine eigentliche Frage zurückzukommen: Meinen Freund selbst vermisse ich gar nicht mal so sehr. Ich bin sogar fast sicher, es mit dir hier viel besser angetroffen zu haben. Weißt du, mein Freund ist so etwas wie ein Überlebenskünstler in den Großstädten der Welt. Und genau deshalb kann ich mir eigentlich nicht vorstellen, dass er mir hier eine große Hilfe gewesen wäre. Er hätte mich vermutlich sogar bei vielen Dingen eher behindert. Was ich hingegen tatsächlich vermisse, ist der Sex. So, jetzt ist es raus.« Jan blickte leicht verlegen zu Boden.

»Hm, das geht mir im Prinzip ganz ähnlich, muss wohl an den gegrillten Langusten liegen«, lächelte sie ihn an. »Aber sag mal, wie war das zwischen euch beiden eigentlich, oder ist die Frage zu indiskret?«

»Ach Greta, was soll auf dieser einsamen Insel mitten in der Steinzeit, in die wir von einem Tag auf den anderen zurückgebeamt wurden, schon indiskret sein? Ich denke, du meinst den Sex zwischen uns? Nun, ich war der dominante Part von uns beiden. Meist lief es so ab, dass ich ihn zunächst ein oder zweimal in den Arsch gefickt habe. Wenn ich schließlich befriedigt war, bekam er von mir entweder einen geblasen oder es mit der Hand gemacht. Es sei denn, er wollte weder das eine noch das andere, was gar nicht mal so selten vorkam.«

»Wieso das?« Greta schaute ihn leicht irritiert an.

»Ganz einfach: Ich brauche den Sex reichlich und regelmäßig, und zwar mindestens dreimal täglich, um genau zu sein, aber so oft konnte und wollte er nicht.« Sein Lächeln schwankte zwischen Verlegenheit und Stolz.

»Ouh tatsächlich?« Man sah ihr an, dass sie beeindruckt war. »Also dann wundert es mich wirklich nicht, dass du den Sex vermisst. Nur blöd, dass du gerade mit mir Tauchen warst, als es passierte, und nicht mit einem heißen Studenten mit Sixpack und dreimal so dicken Bizeps, wie ich sie an meinen

Ärmchen trage. Mit so einem könntest du hier sehr viel mehr Spaß haben als mit einer Tussi wie mir.«

»Wer weiß?«, kam es fast ironisch heiter aus ihm hervor.

»Was willst du denn damit sagen?« Zum ersten Mal verspürte Greta ihm gegenüber so etwas wie Verunsicherung.

»Nun, einen Grund nannte ich bereits: Du bist hier auf der Insel eine sehr große Hilfe für mich. Du denkst selbstständig mit, hilfst, ohne dass man dich darum bitten muss, sitzt nicht die ganze Zeit flennend herum. Denn auch ich bekomme hier manchmal die Krise, ohne es vielleicht direkt zu zeigen. Aber als wenn du es erspüren könntest, baust du mich gleich darauf wieder auf. Wie gesagt: Ich bin froh, dass es gerade du bist. Doch erzähl mal etwas von dir. Wie war es bei euch? Wie habt ihr es miteinander getrieben?« Mit großen interessierten Augen blickte er sie an.

Sie lachte. »Bei uns war es genau umgekehrt, da war ich die Unterwürfige. Meist hat sie mich mit dem Umschnalldildo gefickt und hinterher noch gefingert oder geleckt, was sie übrigens sehr gut konnte und was ich bei ihr sehr genossen habe. Ich selbst durfte sie immer nur zum Höhepunkt lecken. Das passte am besten zu meiner Rolle.«

»Und wohin hat sie dich gefickt?« Vielsagend blickte er ihr in die Augen.

»Ich wusste, dass die Frage kommt«, kam es aus ihr lachend hervor. »Ihr Männer seid irgendwie alle gleich. Einmal hat sie mich in den Mund gefickt, aber nur so zum Spaß, dreimal zur Strafe in den Arsch, ansonsten immer in die Muschi.«

»Wieso zur Strafe?« Sein Blick intensivierte sich.

Leicht hob sie ihre Schultern. »Sie sah es als eine solche an. Ich habe es hingegen eher genossen.«

Nachdenklich schaute er vor sich hin und schwieg.

»Was ist? Warum schaust du so?«, wunderte sie sich.

»Ich überlege gerade, ob es nicht Sinn machen könnte, als die allerersten Menschen dieser Insel, als Adam und Eva sozusagen, jetzt auch das erste Gewerbe der Menschheit auf dieser Insel einzuführen.«

Schlagartig wurde sie rot. »Wie meinst du das? Hast du vor, mich für Sex zu bezahlen? Womit denn? Mit Miesmuscheln?«

Ganz im Gegensatz zu ihr blieb er weiterhin völlig gelassen, als redete er von der normalsten Sache der Welt.

»Nein, mit ganz normalen Freundschaftsdiensten, so wie es die Schimpansen mit ihrem Fell gegenseitig tun. Beispielsweise könnte ich täglich ein paar Mal öfter auf eine der Palmen klettern und Kokosnüsse herunterholen. Damit stellen wir Seife und auch eine Hautcreme her, mit der wir uns besser vor der Sonne schützen können, ich weiß sogar wie. Weiter oben habe ich ein paar Hölzer entdeckt, aus denen ich dir, wenn ich mir sehr viel Mühe gebe, einen Kamm schnitzen könnte. Eine bessere und sichere Unterkunft könnte ich uns ebenfalls bauen, das habe ich mir bereits überlegt und auch genauer angesehen. Als Ausgleich dafür dürfte ich dich in den Arsch ficken. Und wenn du magst, dann lecke ich dich anschließend noch zum Höhepunkt. Oder ich fingere dich, während ich in deinem Po zugange bin. Mit ein bisschen Übung dürfte uns das problemlos gelingen.«

Sie musste unwillkürlich schlucken. »Jan, das hört sich zunächst alles gar nicht mal so schlecht an. Und wenn ich an die Creme, die Seife und den Kamm denke, könnte ich auf der Stelle schwach werden. Mein Problem ist nur: Ich stehe nun mal überhaupt nicht auf Männer. Jedenfalls beim Sex nicht.«

Auch diese mögliche Schwierigkeit schien er bereits bedacht zu haben.

»Brauchst du doch auch nicht. Beim ersten Mal würden wir es nachts im Mondschein und am Strand treiben. Du hockst dich auf allen Vieren hin, stellst dir vor, wie sich von hinten deine Freundin mit dem Strap-on nähert, um dich ein weiteres Mal zu bestrafen, während ich mir denke, einen schönen braun gebrannten Jünglings-Arsch vor mir zu haben. Anfangs mag es vielleicht leichter gehen, dich dabei zu fingern, doch wenn du später ein bisschen aufgeschlossener geworden bist und die Sache lockerer siehst, lecke ich dich auch gerne zum Höhepunkt. Wir Männer sind da nicht so. Hauptsache, ich hatte vorher einen geilen Jünglingsarsch, in den ich meinen Samen verspritzen konnte.«

Greta nickte wohlwollend.

»Hm, so wie du es gerade darstellst, kommt es mir durchaus machbar vor. Mit einer Ausnahme vielleicht: Du scheinst mir verdammt stark gebaut zu sein. Der Dildo meiner Freundin war wesentlich dünner und kleiner, jedenfalls gegenüber den Maßen, die ich hier manchmal zu sehen bekomme.« Sie lächelte bei ihren Worten.

»Ich weiß. Es stellt trotzdem kein Problem dar. Bei täglicher Übung hast du es spätestens in zwei oder drei Wochen drauf, ich garantiere es dir«, wirkte er beruhigend auf sie ein.

»Meinst du? Okay, einen Versuch könnte es wert sein. Und vielleicht festigt das ja auch unseren Zusammenhalt hier auf der Insel. Aber in meine Muschi willst du mich nicht ficken, sondern nur in meinen rundlichen Jünglingsarsch, oder?« Auf ihrer Stirn zeigten sich vereinzelte Sorgenfalten.

»Ich will das allein schon deshalb nicht, weil du dann schwanger werden könntest«, nahm er ihr sogleich ihre Bedenken. »Nein Greta, wir sollten das auf unserer einsamen Insel tunlichst vermeiden. Wer weiß, vielleicht würde es mir am Ende sogar gefallen. Doch das Risiko ist einfach viel zu groß. Keine Sorge: Dein Arsch reicht mir. Was anderes hatte ich vorher schließlich auch nicht.« Bei seinen letzten Worten lächelte er.

»Und wie oft stellst du dir das auf Dauer vor?«, sah sie ihn halb fragend halb bangend an.

»Na, so oft, wie ich Lust bekomme. Greta, wir sollten auf unserer Insel nicht gegeneinander aufrechnen, sondern uns lieber helfen. Das Überleben hier ist schwer genug. Ich könnte morgen in etwas Spitzes treten und mir eine Blutvergiftung holen. Das war es dann vielleicht für mich und du wärst ganz allein. Wenn du mehr Kokosnüsse brauchst, klettere ich gerne auch zwei- oder dreimal hintereinander für dich auf eine Palme. Und wenn ich öfter Sex haben möchte, dann gibst du ihn mir. Es wäre wie im normalen Wirtschaftsleben: Du hast den Zucker, ich die Gewürze. Zum Überleben benötigen wir beides. Was also tun? Wir handeln und einigen uns! Okay?« Sein Blick wirkte offen und ehrlich.

Greta nickte bedächtig. Er hatte sie restlos überzeugt. Auch ihr schien es so das Beste für sie beide zu sein.

»Okay Jan, dann lass uns die nächsten sturmfreien Nächte im Mondschein üben. Wenn mir die Aufnahme deines Monsterteils keine Probleme mehr bereitet, sehen wir weiter. Vorher werden wir uns beide mit unserem hausgemachten Kokosöl eincremen, dann fällt mir die Vorstellung, hinter mir würde eine Frau hocken, bestimmt viel leichter.« Sie nickte dabei, als versuchte sie, sich selbst Mut zuzusprechen.

»Wenn du meinst. Ich befürchte jedoch, die Vorstellung wird spätestens dann dahin sein, wenn ich dir meinen Schwanz in deinen engen Hintereingang gerammt habe«, lachte er. Seine Erleichterung über die zwischen Ihnen erzielte Einigung war ihm anzusehen.

Unvermittelt sprang er tänzelnd auf und begann Nenas Song »Liebe ist« zu singen.

Du und ich wir sind wie Kinder,
die sich lieben, wie sie sind.
Die nicht lügen und nicht fragen,
wenn es nichts zu fragen gibt.
Wir sind zwei und wir sind eins,
und wir seh'n die Dinge klar.
Und wenn einer von uns gehen muss,
sind wir trotzdem immer da.

Vergnügt stimmte Greta in seinen Gesang ein, zumal der Song auch zu ihren absoluten Lieblingsliedern zählte. Unzählige Male hatten ihre Freundin und sie ihn gemeinsam gesungen, meist, wenn sie kurz zuvor Sex miteinander hatten. Lachend kam Jan auf sie zu, nahm ihre Hand und zog sie zu sich heran. Und dann tanzten und sangen sie – so wie Gott sie schuf – am Strand ihrer einsamen Karibikinsel durch die Nacht.

Was sie beide nicht wirklich für möglich gehalten hatten: Ihre sexuelle Vereinbarung im Stile des ältesten Gewerbes der Welt funktionierte tatsächlich und prächtig. Mit der Zeit ließ sie sich sogar ausgesprochen gerne von ihm ficken. Peu à peu steigerten sie sich auf drei bis vier Paarungen am Tag.

Irgendwann nahm er sich sogar die Zeit, speziell für sie ein Lasso anzufertigen. Und wenn sie dann wieder einmal mit ihrem reizenden Hintern am Strand entlang wackelte, näherte er sich ihr in einem unbeobachteten Moment heimlich von hinten, warf sein Lasso nach ihr aus und zog sie zu sich heran. Lachend ließ sie sich von ihm einfangen und nehmen. Mehr und mehr fand sie Gefallen an seinem Spiel. Ja sie erwischte sich sogar dabei, manchmal nur deshalb mit ihrem wackelnden Po am Strand entlang zu gehen, weil sie insgeheim hoffte, er könnte in ihrer Nähe sein, sie beobachten, einfangen und schließlich auf seine unnachahmliche Weise ficken. Meist durchströmte sie ein regelrechtes Glücksgefühl, wenn sie unvermittelt sein Lasso durch die Luft heranschwirren hörte und es sich dann eng, unnachgiebig und manchmal auch durchaus schmerzhaft um ihre schmale Taille legte, sodass er sie fast widerstandslos zu sich heranziehen und ihr liebevoll und kokett ins Ohr flüstern konnte: »Hab ich die kleine lesbische Strandnixe endlich eingefangen, um mir von ihr einen weiteren Höhepunkt zu rauben«.

Auch sonst stellte sie einige typisch weibliche Verhaltensweisen an sich fest, die sie zuvor bei sich stets vehement abgelehnt hatte. So konnte es passieren, dass sie ihm, während er sie gründlich mit ihrer hausgemachten Kokoscreme einmassierte und sich dabei eingehend ihrem mittlerweile von ihm sehr geschätzten Hintern widmete, ihr Po-Loch fast unmerklich ein wenig mehr entgegenstreckte, als wenn sie ihm sagen wollte:

»Wenn du gut zu mir bist, bin ich mit allem was ich habe auch gut zu dir!«

Sie gönnte ihm seinen mehrfachen täglichen Spaß bei seinen Orgasmusraubzügen von Herzen, obwohl sie eigene Höhepunkte nur bei den nächtlichen Dates am Strand erlebte, die sie wie Rituale zelebrierten und beibehielten. Dabei machte sie allerdings schon bald eine gänzlich neue Erfahrung, an die sie sich zunächst nur schwer gewöhnte, nämlich das Fehlen von potenziellen menschlichen Beobachtern. Sie waren völlig allein auf der Insel und weit und breit gab es niemanden, der sie hätte sehen oder hören können. »Es ist nicht nur so, dass uns hier niemand beim Sex beobachtet oder stört. Selbst wenn es einer wollte, könnte er nicht«, sagte sie wie zur Beruhigung zu sich selbst. »Kann eine solche Liebe Sünde sein?«, fügte sie fragend hinzu, um auch dies sogleich zu verneinen: »Dann wäre Sex unter wilden Tieren ebenfalls Sünde.«

Und so wurde sie mit der Zeit lauter und lauter, bis sie ihre Höhepunkte, von denen sie bei ihren nächtlichen Dates meist etliche hintereinander erlebte, schließlich regelrecht in die karibische Nacht hinausschrie, wodurch sie die zunehmende Aufmerksamkeit der sie umgebenden Flora und Fauna auf sich zog. Schon bald konnten sie beobachten, dass sich mit jedem weiteren nächtlichen Akt mehr Vögel in ihrer Nähe niederließen, um sich gleichfalls gurrend zu paaren. Auch sahen sie beim Akt immer häufiger Fische triumphierend aus dem Wasser in die Höhe springen, bis sie im darauf folgenden Jahr gar den Eindruck gewannen, die Buchten ihrer Insel seien nun viel fischreicher als je zuvor. Schließlich kam es ihnen so vor, dass die Pflanzen mehr Blüten und mit intensiveren Farben trugen, als noch im letzten Jahr, was sie beide dazu motivierte, sich beim Akt noch ein ganzes Stück mehr gehen zu lassen, sofern dies denn überhaupt möglich war. Mehr und mehr wurden sie eins mit der Natur, wie zwei wilde Tiere, die sich im Mondschein unter ihresgleichen paarten. Voller Freude nahm sie zugleich wahr, dass er sich bei der Liebe zunehmend mit den Händen und dem Mund ihres Körpers bemächtigte, wenn er etwa seine Pranken während des Aktes fest in ihre Brüste krallte oder beim Höhepunkt schmerzhaft in ihren Nacken biss. Voller Stolz trug sie die Male solcher Unterwerfungen bei Tage, um allen anderen Inselbewohnern, mit denen sie sich längst auf gleicher Ebene wähnte, unmissverständlich klarzumachen, dass sie seine Frau ist und er sie nun besaß. Und auch dabei stellten sie eines Tages zu ihrer Überraschung fest, dass die auf der Insel in einem Paarverhältnis lebenden Finkenweibchen sich mittlerweile durch eine deutlich wahrnehmbare gerupfte Stelle im Bereich ihres Nackengefieders von den noch jungfräulichen Exemplaren unterschieden.

An besonders beschaulichen und sternklaren Nächten war es manchmal dann so weit, dass sich – während sie sich ob des Gefühls, längst nicht mehr Menschen, sondern vielmehr wilde Tiere zu sein, völlig ihrer Lust hingaben – Sternschnuppenschauer vom Firmament lösten und kräftige Blitze am Horizont entluden. Zugleich kamen Winde auf, die die Kokosnüsse an den Palmen wie Glocken aneinander schlugen und zum Klingen brachten. Greta erschien es mitunter so, als würden sie alle gemeinsam versuchen, Nenas Song »Liebe ist« anzustimmen, den sie in ihrem Inneren lustvoll zu Ende sang:

Und wenn einer von uns gehen muss,
sind wir trotzdem immer da.
Wir sind da, wir sind da, wir sind da.

»Wir sind da, wir sind da, wir sind da«, schrie sie mit allem, was sie hatte, in den Nachthimmel hinaus, während sich zugleich gewaltige Orgasmen in ihr entluden und warme Wellen sie umspülten, in denen zappelnde Fische ihre bebenden Körper suchten, um sich für einen Moment an ihnen zu reiben.

Sie waren schon ein wenig mehr als drei Jahre auf ihrer kleinen Insel und trieben es gerade wieder einmal äußerst lustvoll und in ihrer gewohnten Art hinter einer kleinen schützenden Sanddüne miteinander, als sie in der Ferne das tuckernde Geräusch eines sich ihrem Eiland nähernden Bootes wahrnahmen. Vorsichtig hoben sie ihre Köpfe an, um besser sehen zu können, wer da auf ihre Insel zukam, ohne allerdings in ihren Bewegungen innezuhalten. Jan fickte sie genauso unbekümmert weiter in ihren längst gut trainierten, braun gebrannten Hintern, als wenn in fünfhundert Metern Entfernung lediglich eine Kokosnuss von einer Palme gefallen wäre.

Zu ihrer großen Überraschung erkannten sie bald, dass es ihr Ausflugsschiff war, das vor mehreren Jahren unmittelbar vor ihren Augen von Piraten gekidnappt worden war. Unwillkürlich duckten sie sich, denn schließlich hätten dies auch die damaligen Missetäter sein können, die nur deshalb in die Nähe ihrer früheren Freveltat zurückgekehrt waren, um nun auch noch nach ihrem Leben zu trachten oder Greta zu entführen und für ihre eigenen Lüste zu nutzen. Doch dann vernahmen sie ganz unvermittelt die Stimmen von Jans Freund Rico und Gretas Freundin Pia, die mit vereinten Kräften ins Megafon riefen: »Greta und Jan, wir suchen euch. Seid ihr dort? Bitte meldet euch. Wir vermissen euch. Wir lieben euch!«

Wie im Zeitlupentempo drehte Greta ihren mit kleineren Wunden und Narben überzogenen Nacken zur Seite und schaute Jan ratlos in die Augen, während er seinen riesigen Kolben stetig und unbarmherzig in ruhigem Tempo in ihr vorantrieb. »Die suchen uns.«

Jan hob nur ganz kurz seinen Kopf an und blickte zum Boot hinüber. Dann packte er entschlossen ihre Taille und schob ihre hintere Pforte noch ein ganzes Stück weiter auf sein bis zum Bersten angespanntes Glied.

»Hm. Ich denke, wir sollten besser in Deckung bleiben.«

# Im Hotel Zoo auf dem Damenklo

(Inspiriert durch den Song »Auf'm Bahnhof Zoo« der Nina Hagen Band)

»Darf ich dir noch etwas Rotwein nachschenken?«

Sanft nickte ich mit dem Kopf. Mir gefiel Michaels höfliche und zuvorkommende Art. »So etwas findet man heute immer seltener«, sagte ich zu mir. Aber auch sonst entsprach er genau dem Typ Mann, nach dem ich mich schon lange sehnte: Männlich, selbstbewusst, humorvoll, beruflich erfolgreich, vierzig Jahre und damit etwa zehn Jahre älter als ich selbst, geschieden und kinderlos, schlank und sportlich, volle dunkle Haare und fast einen Kopf größer als ich. Ich war mir beinahe sicher, noch heute Abend seinem Charme zu erliegen und mich ihm hinzugeben.

Allein schon der Gedanke daran ließ mich feucht werden. »Bestimmt wird er mich nach dem Essen noch zu einem Kaffee zu sich einladen«, träumte ich vor mich hin. »Und während ich in der Küche stehe und seinen Cappuccino schlürfe, nimmt er meinen Kopf zärtlich in seine Hände und küsst mich auf die Lippen, die ich ihm sehnsuchtsvoll entgegenstrecke. Seine erfahrenen Hände greifen in meinen Nacken und öffnen den Reißverschluss meines Kleides, das zu Boden fällt. Nun ist nur noch der knappe Slip dran, den er mir über meine Hüften und die halterlosen Strümpfe streift, und ich stehe beinahe so vor ihm, wie Gott mich schuf. Energisch drückt er mich gegen die Wand, um mit zwei oder drei Fingern in meine klatschnasse Spalte vorzudringen und sie energisch zu penetrieren. Noch in der Küche komme ich das erste Mal laut stöhnend, ihn dabei immer wieder bittend, seinen Fingern endlich Einhalt zu gebieten, doch ohne Erfolg.

Ein fester Klaps auf meinen Po signalisiert mir, dass er meinen Körper nun restlos in Besitz zu nehmen gedenkt. Lässig greift er mit einer Hand unter meine Knie, wodurch ich fast hilflos rücklings in seinen linken, stützenden Arm falle. Wie ein kleines Kind hebt er mich an und trägt mich, während ich längst meine Arme um seinen Nacken geschlungen habe, in sein Schlafzimmer, um sich in den nächsten Stunden mit und in mir zu vergnügen.«

»Stefanie, wo bist du mit deinen Gedanken?« Seine sanfte Stimme riss mich aus allen Träumen.

»Du wirktest für einen Augenblick wie weggetreten. Vielleicht war das letzte Glas Wein doch ein wenig zu viel und es hat dich müde gemacht. Soll ich uns noch einen Espresso bestellen? Ansonsten würde ich die Rechnung kommen lassen.«

Es war mir unangenehm, bei ihm einen solchen Eindruck hinterlassen zu haben, weswegen ich mich bemühte, ihn so schnell wie möglich zu korrigieren.

»Entschuldigung Michael, ich musste gerade an ein weit zurückliegendes Ereignis denken. Noch einen Kaffee? Momentan käme mir der ein wenig zu schnell auf den Wein, dann macht er mich meist nur noch müder. Aber lass mich gerade noch einmal zur Toilette gehen, bevor wir aufbrechen. Du entschuldigst mich für einen Augenblick?«

Betont geruhsam machte ich mich auf den Weg zu den WCs. Ich war froh das schwarze Kleid mit dem langen Rückenreißverschluss gewählt zu haben, denn es hob meine Figur und meine weiblichen Rundungen besonders vorteilhaft hervor. Ich war mir fast sicher, dass er hinter mir herschauen würde, und so ließ ich meine Hüften während des Gehens ganz besonders elegant hin und her schwingen.

Wann immer es mir möglich war, vermied ich es, öffentliche Toiletten aufzusuchen. Dafür war ich ein viel zu vorsichtiger und reinlicher Mensch. Meine Bedenken galten jedoch nicht für das Hotel Zoo, in dessen Restaurant er mich auf meine Empfehlung hin eingeladen hatte. Bei früheren Rendezvous war mir nämlich bereits aufgefallen, dass die Toiletten hier stets penibel gepflegt waren und den neuesten hygienischen Standards entsprachen. Auch hatten sie dort eine recht ausladende Behindertentoilette, die ich zu besuchsschwachen Zeiten bevorzugte. Und spät abends war dort für gewöhnlich nie etwas los.

Ich stand bereits vor dem Kosmetikspiegel, um mit dem Konturenstift noch einmal die Lippen nachzuzeichnen, als sich die Türe öffnete und eine etwa gleichaltrige und geringfügig kleinere, schlanke Frau den Toilettenvorraum betrat. Ohne weitere Umschweife kam sie auf mich zu, packte mich an den Schultern, drehte mich in ihre Richtung und gab mir einen intensiven Kuss auf meine frisch bemalten Lippen.

Irritiert und auch beschämt, wie ich war, versuchte ich mich gegen ihre Übergriffe zur Wehr zu setzen. Energisch drückte ich sie ein ganzes Stück von mir fort. Zugleich schob ich einen Fuß nach vorne, den ich mit durchaus provokanter und aggressiver Absicht zwischen ihr und mir stellte. Sie ließ sich jedoch nicht beirren, wie sie mir mit ihrem überlegenen Lächeln unmissverständlich signalisierte.

»Süßes Kind, dein Widerstand hat Fuß und Hand, doch wird er dir nichts nützen.«

Gekonnt und keineswegs übertrieben fest zielte sie mit ihren Fingerknöcheln auf meinen Bauch und traf ihn genau in Höhe meines Solarplexus. Da ich kurz zuvor noch reichlich gespeist hatte, war die Wirkung unmittelbar und verheerend. Hilflos rang ich nach Luft und mir wurde schwindelig. Als wenn die mir unbekannte Frau zuvor alles haarklein geplant hätte, verfrachtete sie mich in die Behindertentoilette und verriegelte die Türe. Dort machte sie sich sogleich am Reißverschluss meines Kleides zu schaffen. Nachdem sie es mir vom Leib gestreift hatte, zog sie mir auch den Slip aus. Da ich noch immer stark benommen war, war es für sie ein Leichtes, mir kurz die Füße anzuheben, um mich von den entledigten Kleidungsstücken zu befreien. Ich stand nun mit nichts weiter als mit Schuhen und Strümpfen bekleidet an der Wand angelehnt vor ihr. Mit ihrem festen Schuhwerk drückte sie mir erst den rechten Fuß ein Stück zur Seite, dann den linken. Meine Beine waren damit so gespreizt, dass meine Öffnung für sie jederzeit leicht zugänglich war.

Triumphierend lächelte sie mich an. Während sie mich küsste, erkundete ihre Zunge erstmalig meinen Mund. Fordernd legte sie ihre Hand auf meine Vulva und begann an meiner Klitoris zu spielen. Gleich darauf drang sie mit mehreren Fingern in meine mittlerweile recht feucht gewordene Muschi ein, um mich Stück für Stück zu erobern. Erst waren es zwei, dann drei Finger, die sich unbarmherzig in mir breitmachten und jeden Winkel meiner Möse auszuspähen versuchten. Ihre Bewegungen waren sehr fordernd. Sie penetrierte mich dermaßen hart und unnachgiebig, dass ich schon bald recht laut zu stöhnen begann. Längst wieder bei vollen Kräften schaute ich sie mit großen interessierten Augen an, wie sie mit einem unverhohlenen Ausdruck der Freude unmittelbar vor mir stand, um sich lustvoll an mir zu vergehen. Ihr Gesicht war ganz dicht vor meinem, ihre rechte Hand fingerte an meiner Möse und den anderen Arm hatte sie fest um meine Taille gelegt, sodass es mir unmöglich war, ihrem Spiel zu entkommen, selbst wenn ich mich bemüht hätte. Zärtlich begegneten sich unsere Lippen. Sie küsste mich. Ich küsste sie. Wir küssten uns.

Nun gab es für mich kein Halten mehr. Doch sie hatte anderes vor. Abrupt stoppte sie die Bewegungen ihrer rechten Hand, um sich in meiner Möse auf die Suche nach meinem G-Punkt zu machen. Kaum hatte sie ihn erspürt, begann sie mit ihren Fingerkuppen ein Spiel der Massage und des Neckens, das nie zuvor erlebte Gefühle in mir weckte. Zugleich breitete sich eine wohlige Wärme in meiner Vagina aus, die bald den gesamten Unterleib erfasste. Beseelt packte ich sie an den Haaren und drückte ihren Kopf auf meinen Busen, in dessen Nippel sie sich ausgelassen verbiss. Eine schier unglaubliche Lust durchströmte mich. Ich hatte längst die Kontrolle über mich und meinen Körper an sie verloren, als sie sich völlig unbeirrt von meinen heftigen Ausbrüchen der Lust an meinem G-Punkt zu schaffen machte. Mein Stöhnen wurde lauter und lauter und meine Brüste hoben und senkten sich im Rhythmus meines Atems. Bald darauf verspürte ich einen leichten Schmerz, wie er sich

ausgehend von der Tiefe meines Unterleibs sternförmig ausbrei-
tete, stärker und stärker wurde, bis ich mich schließlich in
einem fulminanten und nicht enden wollenden Orgasmus
hingab. Noch während mein Unterleib hemmungslos weiter
zuckte, drückte ich ihren Kopf fest auf meine Brüste, auf denen
ich minutenlang die gleichen Liebesschmerzen zu verspüren
glaubte, die in meinem Unterleib ihr Unwesen trieben. Nur
langsam kam ich wieder zur Besinnung.

»Wow, das war absolut unglaublich«, waren meine ersten
Worte.

»Nein du warst unglaublich, süßes Kind«, berichtigte sie
mich prompt.

»Wow, wie heißt du überhaupt?«

»Ina«, erwiderte sie knapp.

»Und ich Stefanie.« Noch immer nach Luft ringend, schaute ich ihr tief in die Augen. Sie belohnte mich mit einem
intensiven Zungenkuss und ein weiteres zärtliches »süßes
Kind.«

Als mein Blick auf meine Brüste fiel, erschrak ich fürchterlich. Mein ganzer Busen war übersät mit stark auffälligen roten
Flecken. »Mein Gott, was ist denn das?«, rief ich entsetzt.

»Alles kleine Liebesküsse – Knutschflecke –, die ich dir,
süßes Kind, gemacht habe, als ich meinen Mund auf deine
Titten legte, während du dich unter dem Angriff meiner Finger
deiner zuckenden Lust hingabst. Mir schien dies dafür die beste
Gelegenheit zu sein, zumal du in dem Augenblick völlig
weggetreten wirktest. So konnte ich dir meine Liebe ganz
ungestört zeigen und mich gewissermaßen ein wenig auf deinen
Brüsten verewigen«, antwortete sie in aller Seelenruhe. »Aber
sei ganz unbesorgt. Morgen und übermorgen wird man zwar
alles noch sehr gut sehen können, doch nächste Woche sind sie
garantiert weg.«

»Aber Ina, das ist eine Katastrophe«, empörte ich mich.
»Ich bin heute Abend mit einem Mann verabredet, den ich noch

nicht sehr gut kenne. Wir haben vorhin im Restaurant gespeist. Ich wollte nur noch kurz auf die Toilette gehen, während er die Rechnung begleicht, dann wären wir direkt zu ihm gefahren. Heute wollte ich erstmalig mit ihm schlafen.« Bestürzt schaute ich immer wieder auf meine verunstalteten Brüste.

»Pech gehabt, süßes Kind. Und er natürlich auch. Doch wer zu spät kommt, den bestraft das Leben. Den Sex mit ihm kannst du für heute Abend komplett vergessen, es sei denn, du möchtest ihn für alle Zeiten loswerden. Titten mit lauter Knutschflecken drauf verzeiht kaum jemals ein Mann. Überleg dir also, was du tust. Aber ich muss jetzt ohnehin ganz schnell weg. Vielleicht sieht man sich ein anderes Mal wieder. Bis demnächst, süßes Kind.«

Schmatzend küsste sie meinen verblüfften Mund.

»Du warst übrigens gut, sehr gut sogar. Ob blond, ob schwarz, ob braun, ich liebe alle Frauen.« Sie hatte kaum zu Ende gesprochen, da war sie bereits verschwunden. Sanft fiel die Tür zur Damentoilette hinter ihr ins Schloss.

Als ich zu unserem Tisch zurückkehrte, begrüßte mich Michael mit runzelnder Stirn.

»Da bist du ja endlich. Ist alles in Ordnung mit dir? Ich hatte mir bereits Sorgen gemacht. Beinahe wäre ich auf die Suche nach dir gegangen.«

»Michael, irgendetwas ist mir nicht gut bekommen. Vielleicht habe ich auch nur zu viel Wein getrunken. Jedenfalls musste ich mich vorhin übergeben, deshalb hat es so lange gedauert.« Ich bemühte mich nach Leibeskräften, einen elenden Eindruck zu hinterlassen.

»Oh, das tut mir aber wirklich leid. Dabei war es bislang ein solch reizender Abend. Ich hätte dich liebend gerne noch zu einer Tasse Kaffee zu mir eingeladen, natürlich nur, wenn du gemocht hättest.« Lächelnd und zugleich besorgt schaute er mich an.

»Ich hätte mir das heute Abend auch sehr gewünscht. Aber ich denke, es ist besser, wenn du mich gleich nach Hause bringst. Mit mir ist momentan nicht mehr viel los, und ich glaube kaum, dass sich dies ohne Schlaf und ein paar Tassen Kamillentee heute noch bessern wird.« Mitleid heischend sah ich ihn an.

Unvermittelt schaute sich Michael um.

»Nanu? Ich glaube, ich sehe mittlerweile bereits Gespenster. Da ging gerade eine Frau an der Bar entlang, ich hätte schwören können, dass es meine frühere Frau war.« Irritiert schüttelte er den Kopf.

»Passiert dir das öfter?« Ich war froh, dass sich unser Gespräch einem anderen Thema zugewandte.

»Du wirst lachen: ja. Fast immer, wenn ich mich in den letzten Monaten mit einer Frau verabredet habe. Ich will daraus gar kein Geheimnis machen, du und ich, wir suchen im Internet, und da ist es sehr unwahrscheinlich, gleich bei der ersten Begegnung eine Partnerin zu finden, in die man sich tatsächlich verlieben könnte. Bei dir war ich mir von Anbeginn an sicher. Doch zuvor traf ich mich noch mit einer ganzen Reihe anderer Interessentinnen. Und nicht selten hatte ich dabei das Gefühl, im Laufe des Abends kurz Ina gesehen zu haben.«

»Ina? Deine frühere Frau heißt Ina?«, fragte ich besorgt und vermutlich verdächtig neugierig.

»Ja, was ist damit? Es ist ein ganz normaler Name. Sie hätte meinetwegen auch Eva heißen können.« Verunsichert schaute er mich an.

»Ach nur so«, log ich. »Sag mal, ist es einer anderen Internetbekanntschaften bei einem Date mit dir auch schon einmal schlecht geworden?«

»Nein, das nicht gerade«, antwortete er nachdenklich. Man konnte regelrecht spüren, wie ihm seine vorangegangenen Verabredungen durch den Kopf gingen. »Aber jetzt, wo du es sagst: Komisch ist es schon. Die Letzte, die mich ein wenig mehr interessierte – keine Sorge, überhaupt nicht so wie du, aber bei ihr hätte ich mir immerhin eine einzelne gemeinsame Nacht vorstellen können – litt auf einmal ganz unvermittelt unter Migräne und hat sich dann gleich darauf ein Taxi bestellt. Aus der anvisierten gemeinsamen Nacht ist dann nichts geworden. Sorry Stefanie, du solltest jetzt nicht annehmen, dass das zu meinem Standardprogramm gehört, dem sich jede Bekanntschaft zu unterziehen hat. Ich bin in diesem Punkt sehr wählerisch. Es muss vom Moment her passen, und auch die Frau sollte mich anziehen. Es mag sein, dass ich beim zweiten Punkt in der letzten Zeit durchaus einige Abstriche gemacht habe, als geschiedener Mann muss man schließlich sehen, wo man bleibt, wenn du weißt, was ich meine.« Er grinste über das ganze Gesicht.

»Ich kann es mir lebhaft vorstellen. Aber hattest du denn bei ihr auch eine Vision von deiner früheren Frau?« Das Thema interessierte mich jetzt brennend. Ich ließ nicht locker.

»Im jedem Einzelfall kann ich mich gar nicht mehr so genau daran erinnern, bei der Letzten war es aber auf jeden Fall so. Warum fragst du?«

»Es interessierte mich einfach. Mehr war nicht dabei«, log ich erneut. Innerlich dachte ich mit meinem mir innewohnenden Sarkasmus, dass unsere denkbare zukünftige Beziehung von Anfang an sehr gut anlief: mit einem ganzen Bündel Lügen meinerseits.

Ich atmete tief ein und aus. »So ich denke, nun muss ich aber wirklich nach Hause, bevor ich gleich noch eine Reinigungsrechnung auf den Hals gedrückt bekomme.«

»Ich bringe dich selbstverständlich nach Hause«, antwortete er in seiner ruhigen und verbindlichen Art.

Zu Hause angekommen, sprang ich erst einmal unter die Dusche, übertönte notdürftig die sich auf meinem Busen verteilenden Knutschflecken und warf mir den Bademantel über. Schlafen konnte ich jetzt noch nicht.

Ich hatte es mir gerade vor dem Fernseher gemütlich gemacht, als es an der Türe läutete. »Das kann nur er sein«, schoss es mir durch den Kopf. »Vielleicht hat er noch schnell ein Medikament besorgt, manche Männer haben eine solch fürsorgliche Art«, war mein nächster Gedanke. Ich wuschelte mir kurz durch die Haare, um einen möglichst zerzausten und elenden Eindruck zu hinterlassen. Dann drückte ich den Haustüröffner und trat aus der Wohnungstüre. Drei Stockwerke unter mir fiel die Eingangstüre ins Schloss und der Aufzug setzte sich in Bewegung. Ich entschied mich, direkt vor der geöffneten Wohnungstüre zu warten, denn von dort aus hatte ich den besten Blick auf die Fahrstuhltüre. Auf keinen Fall würde ich ihn länger als einige wenige Minuten in meine Wohnung lassen, redete ich mir innerlich zu.

Als sich die Fahrstuhltüre öffnete, erschrak ich ein weiteres Mal an diesem Abend: Es war Ina. Schnellen Schrittes kam sie auf mich zu.

»Darf ich zu dir hereinkommen, süßes Kind?« Sie lächelte mich erwartungsfroh an. Unwillkürlich verschränkte ich meine Arme vor der Brust, hob mein Kinn aggressiv an und setzte einen Fuß provokant in ihre Richtung. Ich wies ihr Ansinnen brüsk zurück.

»Wie kommst du darauf, Ina? Ich habe keinerlei Interesse an einer weiteren Begegnung mit dir«, hielt ich ihr entgegen.

Das hätte ich nicht sagen dürfen, und wenn doch, dann nicht so. Einmal mehr streckte sie blitzartig ihre Faust aus und traf mich damit völlig ansatzlos auf meinem Solarplexus, diesmal jedoch noch ein ganzes Stück wirkungsvoller. Ich ging sofort zu Boden.

Den Rest kenne ich nur vom Hörensagen. Schnell schleifte sie mich ins Schlafzimmer, legte mich aufs Bett und entledigte mich des Bademantels. Wenige Minuten später sahen meine Innenschenkel und der Bereich um den Venushügel bereits in etwa so aus, wie meine Brüste zuvor, nämlich übersät mit zahlreichen Knutschflecken.

Dann füllte sie reichlich Gleitgel in meine Muschi ein, legte sich einen ziemlich voluminösen fleischfarbenen Umschnalldildo um und begann mich hart zu ficken. Wach wurde ich erst durch mehrere grelle Blitze, die auf mich gerichtet waren, auf die ich mir aber zum damaligen Zeitpunkt keinen Reim machen konnte. Jedenfalls war sie bei meinem Aufwachen noch voll in mir zugange. Energisch schob sie den Kunstschwanz in meiner Möse mit ihrem Becken vor und zurück. Schon bald konnte ich spüren, wie sich in meinem Unterleib alles verkrampfte. Dagegen wehren konnte ich mich in meiner Lage beim besten Willen nicht. Wenige Sekunden später kam ich bereits, ja ich explodierte innerlich regelrecht und spritzte dabei auch ab, was mir zuvor noch nie passiert war. Noch während mein Körper minutenlang hilflos vor sich hinzuckte, packte sie offenbar ganz schnell alles wieder zusammen und verschwand, wohin auch immer, jedenfalls war von ihr nichts mehr zu sehen, als ich nach meinem Mega-Orgasmus langsam wieder zu mir kam. Lediglich eine aktuelle Ausgabe der BILD-Zeitung mit der Überschrift »Kai Diekmann als Wulffs Nachfolger im Gespräch« hatte sie neben mir auf dem Kopfkissen zurückgelassen. Auch darüber rätselte ich noch eine Weile, fand aber keine Erklärung dafür.

Die erhielt ich wenige Wochen später über meinen Internet-Account, der mir in den Monaten zuvor ausschließlich der Männersuche diente, und über den ich unter anderem auch Michael kennengelernt hatte. Ein User mit dem aufschlussreichen Namen »SeineverliebteEx« sandte mir die folgende bemerkenswerte Nachricht zu:

Liebe Stefanie, nachdem es so aussieht, als wenn du es werden würdest, möchte ich dir etwas ganz Wichtiges über mich und uns beide mitteilen. Ich habe längst eingesehen, dass Michael und ich nicht zusammenpassen. Dazu sind wir viel zu verschieden. Ich wünsche ihm jedoch sehr, dass er in seinem Leben glücklich wird – zum Beispiel mit dir –, da ich noch immer sehr in ihn verliebt bin. Und weil das so ist, möchte ich ihm auch in Zukunft ganz nahe sein. Da mir das bei ihm selbst nicht möglich ist, wünsche ich mir die

Nähe zu der Person, die ihm am nächsten steht, das heißt, zu dir. Konkret bedeutet das, dass ich ein- oder zweimal die Woche das von dir bekommen möchte, was ich bereits beim letzten Mal erhielt. Doch keine Sorge: Es wird weder Knutschflecken noch Schläge auf den Solarplexus geben. Dafür erwarte ich jedoch deine vollständige Hingabe, und dass du mich bei unseren Zusammenkünften einige deiner Orgasmen rauben lässt, die sonst ihm gehört hätten.

Angehangen sind zwei Fotos, die dich bei meinem letzten Besuch in deiner Wohnung zeigen, wie du dich mir voll und ganz hingibst. Die Zeitung neben deinem Kopf dokumentiert, dass all dies genau an dem Tag geschah, als du ihn im Restaurant wegen einer angeblichen Unpässlichkeit versetzt hast. Ich denke, er wird die richtigen Schlüsse daraus ziehen, dass du nämlich ein kleines Luder bist, das es vorgezogen hat, die Nacht nicht mit ihm, sondern mit jemand ganz anderem zu verbringen. Solltest du es ablehnen, auf meine Wünsche einzugehen, sehe ich mich leider gezwungen, ihm die Fotos zukommen zu lassen.

Mir ist sehr wohl bewusst, dass du mich dafür wegen Erpressung und Nötigung anzeigen könntest. Doch das ist mir die Sache wert. Ohne eine indirekte Nähe zu Michael empfände ich mein Leben als völlig sinnlos. Wie du siehst: Mit Drohungen kannst du mir nicht beikommen.

Von deinem Einverständnis in der Sache ausgehend, erwarte ich, dass du mich morgen gegen 20 Uhr in deiner Wohnung empfängst und mir bis etwa Mitternacht zur Verfügung stehst, um mir einige deiner schönsten Orgasmen zu schenken. Liebe Grüße, Ina

Die halbe Nacht lag ich wach in meinem Bett und grübelte darüber nach, wie ich mich am Besten verhalten sollte. Sollte ich Michael alles beichten oder gar am nächsten Morgen zur Polizei gehen und die Sache zur Anzeige bringen?

Kurz nach zwanzig Uhr klingelte es an der Haustüre. Ich wartete in der geöffneten Wohnungstüre, als sich der Fahrstuhl langsam zu meinem Stockwerk aufwärts bewegte. Die Aufzugtüre öffnete sich und Ina trat heraus. Ohne weitere Umschweife

kam sie auf mich zu. Sie küsste mich, ich küsste sie, wir küssten uns.

Gekonnt hob sie meinen Rock an, unter dem ich kein Höschen trug, und fasste in meinen Schritt.

»Komm, lass uns ins Bett gehen, süßes Kind. Ich habe wahnsinnige Lust auf dich. Und du wohl auch auf mich, wie ich bereits spüren kann. Außerdem möchte ich unbedingt den neuen superstarken Umschnalldildo, den ich gestern in einer Spezialboutique erstanden habe, erstmalig an dir ausprobieren.«

Ein leichter Klaps traf meinen Po.

»Komm, süßes Kind.«

# Über die Autorin

Kiara Singer wurde 1978 in Bonn geboren. Seit 1997 lebt die freie Journalistin und Schriftstellerin in Frankfurt am Main.